U0927789

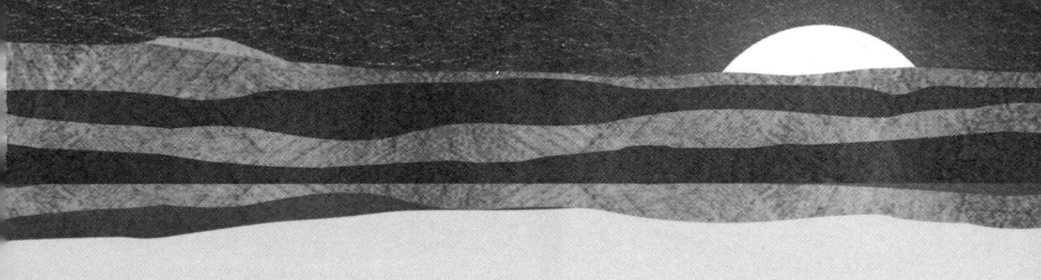

杂食动物

曲成松 著

九州出版社
JIUZHOUPRESS

序

我在大二时写过一本小说，名字叫《不治之症》，之所以叫这个名字，是因为我想表达一场青春的症结是没有任何解药的。起了这个立意高远的名字之后，我有点自鸣得意。可惜这本小说写得过于真实，缺乏一定的艺术表现形式。也正因如此，我十分羞涩于将它公之于世。它成了我的青春随笔，深藏在旧电脑中一个不起眼的文件夹里，成为我难以了却，却又无从说起的校园情怀（那点破事，可不能让我老婆看到）。

心里装着太多故事，我憋着难受，所以一定要说一说。然而，说也要讲究方法。

《杂食动物》可以说是《不治之症》的一个翻版，是在我充分总结失败经验之后，摸索创作出来的。在写这本书的时候，我尽量以真实的叙述手法，一本正经地“扯了很多犊子”。我热切盼望着，在博得各位读者一笑之后，能带诸位走进这些交错的情感里，认真品味一番青春的滋味。我个人看书的时候，从来不会认真看序。那些矫揉造作的文字，时常让我浑身难受。在此，废话我就不多说了，各位看就是了。

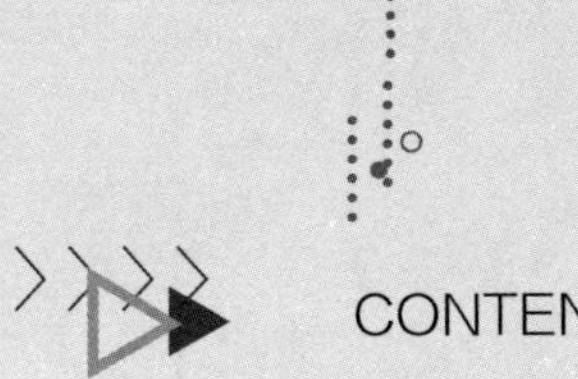

CONTENTS

CHAPTER ONE

第一章 王猛毕业了

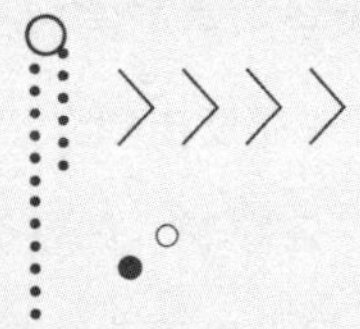

I

今晚，住在对面寝室的那帮哥们全都醉得人仰马翻。平常他们灌我的时候有的是能耐，连顾拜旦诞辰 147 周年都得把我叫出来一起庆祝。每次我醉得找不到北，他们还各个都说自己是微醺。但是今晚，他们都喝多了，最后只有我清醒着。

那里面有个人叫王猛，他的长相有点滑稽，脸上长痣，痣上带毛。长痣就长痣呗，居然一边一个，对称得跟个什么似的。长毛就长毛呗，嘿，居然都是开叉的！每次听到有人感叹起大自然造物之神奇，我都会不由自主地想到王猛，然后偷偷一笑。

王猛算是我上大学认识的第一个人。

大概三年前，大学入学的第一天。那天我刚找到自己的寝室，进门后匆忙放下行李，没来得及自我介绍便奔向了厕所。

我的肠胃就是这么敏感，即使到了异地还滴水未进，光是嗅一嗅空气中的水蒸气就足够我在厕所里蹲到腿软。

我蹲了半晌后，一个浑浊的声音传来，瞬间又消失。

“朋友。”

我皱眉纳闷这声音是从哪里来的，又是在跟谁说话。我环顾着坑位狭小的空间，不经意间看到了门上几条男性朋友们求交往的小广告，顿时心生厌恶。

“我右边坑位的朋友。”

又是这个浑浊的声音，出现在我很烦躁的时候。

“谁？”我铿锵有力地吼了一声。

也许是这一声把他吼怕了，他的声音由浑浊转变为怯懦。

“朋友……我纸没带够，能给我点吗？”

“怎么给？”我问。

“从上面，丢给我。”

“那你接好了。”我抽出了几张，把剩下的撇了过去。

然后只听“咚”的一声，他貌似撞了墙，伴随着撕心裂肺近乎绝望的惨叫，这让乐于助人的我不得不赶紧擦了屁股去解救他。

当我把这个人从一堆厕纸中扶起来，他抬起头说出一句“谢谢”，那凄惨的面容吓了我一大跳，我天，这哥们怎么长得如此一言难尽！

他哀怨地说：“哥们，千万别和别人说啊。”

我点点头，默默离开。

从厕所回到寝室，面对着寝室里几张陌生的脸孔，我突然觉得可以说点什么缓解下尴尬的气氛。

“刚才厕所里有一大哥一屁股坐粑粑上了。”我说。

通过这个话题，我认识了寝室里的每个人，他们给我递了烟，跟我一起说说笑笑，其乐融融，一直到我意识到自己走错寝室了。

我尴尬地回到了自己的寝室，重新面对几张陌生的面孔，把刚才的话题又说了一遍，终于认识了我真正的室友们：程梁、岳桐、大鹏，还有李想，对于这些哥们，以后慢慢介绍。

我想，也许我和王猛三年来的友情，就是建立在当初我的援助与保守秘密的基础之上吧。

王猛这个人有些自恋，整天对着镜子说自己是美男子，还说什么“王猛王猛，你最威猛”。有一回和他一起喝酒，我喝多了，肚子里翻江倒海正想吐的时候，我就问他：“猛哥，你那句口号是什么来着？”他刚把自己名字说出来，我满肚子的秽物就已经喷涌而出，顿时觉得舒服多了。他倒不生气，就是羡慕我想吐就能吐出来，说他自己抠嗓子眼儿抠出血也吐不出来。我建议他下回抠嗓子前先抠一下屁股，他听完当时就喷了。

王猛今晚喝醉了，哭得那叫一个惨，哽咽地跟我说了好几遍他这大学四年最遗憾的事就是没能跟自己心爱的女生有结果。他一直在等小叶，那个一去不返的小叶。我安慰他说：“你想哭就哭，可你摸着我的大腿哭个什么劲？”

王猛一哭，他寝室那几个老爷们全跟着哭了，说着一大堆没有逻辑的话，弄得我手足无措，哄也哄不过来，干脆把他们凑一堆儿互相抱着哭，我自己先回来了，回来以后倒头就睡。

话说今晚真的是太热了，我梦见自己赤裸着身体被困在一个大火炉里热得喘不过气，到处都是烟，什么也看不清，到底是给我呛醒了。

我醒来后发现寝室里果真到处都是烟，白茫茫一片，各种声音嘈杂无比，充斥着我的耳朵，我心一惊，不是着火了吧，赶紧揉了揉眼睛侧过身往下铺看去，嚯！只见二十多个人堵在寝室里，专心致志而又热火朝天地从事着各种各样的活动。

当时我热蒙了，也被呛蒙了，要想跳下去挨个问问他们来大学到底是干吗来的。下句话我都想好了，你来干吗我不管，但你们大半夜堵到我寝室来，闷得我喘不过气是干吗来了?

我口渴得不行，觉得自己要着了，伸手摸我放在枕边的水，没摸着，应该是被“盗窃”了。

我大声喊了李想好几声，他都没听见，屋里简直太吵了。

“李想！”我声嘶力竭。

李想在百忙之中抬头瞟了我一眼，然后迅速转过头。

“给我水！”我用力按着自己的太阳穴，头依然很疼，酒劲还没消。

“我没有！程梁，程梁！”

李想转过头喊正在全神贯注打游戏（DOTA）的程梁，程梁没有听到，他正高声吐槽自己的队友。

李想又喊了一声，声音终于暂时盖过其他噪音顺利抵达了程梁的耳朵。有点像早些年的传信，你普通写一封信没人当回事，但若是你在信封上加上几根鸡毛，邮递者就会迅速地帮你传递这封信，结果弄得鸡毛到处飞。当然，这不是真理，只在这个独特的环境里才适用。

程梁把一瓶水撇向李想，李想又丢给我，我没接住，砸到了下铺正在玩三国杀的大鹏。

大鹏很有礼貌，没有说脏话，他只是静静地把水拧开喝了一口。

“大鹏！你个杀千刀的！”

我气急败坏，倒不是我舍不得这口水，而是众人皆知大鹏这家伙八百年都不刷一回牙，一露齿就满嘴生化武器。

水也喝不成了，我无奈地从床上起身，想下床去上个厕所，怎奈我脚下全是脑袋，根本无从下脚。

“大鹏你闪开一下，让我下去！”我现在看见这个不讲卫生的臭胖子就窝火。

“我怎么闪啊？人挤人你看不见吗？”大鹏咧开嘴瞪了我一眼，我扭过头避开他的嘴。

“我不管，我要去厕所，要么撒你脑袋上，要么你闪出点地方让我跳下去！”

我是被逼疯了，这屋子再多一秒我都待不下去了。

大鹏拧开水瓶子，咕咚咕咚喝光了给我扔了上来，他擦了擦嘴，让我就地解决。

好了，废话真不用多说了，踩着他的脑袋我就下来了，另一只脚实在没地儿放了，于是就踩了一个人的后背，纵身跳到了一小处空地，艰难地挤到了门口，然后走出寝室。

凉快，真凉快。

我还光着脚，厕所又遍地污秽，我需要一双拖鞋，但寝室着实是进不去了，现在是半夜十一点半，这些人至少还得玩上两个小时才能散了，我只能去对面寝室借一双了。

我敲了敲门，没人理我，他们从来不睡这么早的。我直接抬腿就踹门，一脚门没开，两脚门没开，踹到第三脚的时候我才想起来，这屋人已经毕业了，今天刚刚离校，散伙饭还是我买的单。

但第三脚已经下去了，收不回来了。门应声而开，屋子里投进走廊的灯光，掩盖了原本寂寥的夜色。

我开了灯，屋子里一片狼藉。废书废纸，旧鞋床单，烟头水瓶子和各类盖浇饭之类的残骸堆满了寝室。一个玻璃瓶在衣柜旁摔碎，散落了满地精美的纸星星。

看着空荡的床铺，敞开的衣柜，衣柜里面堆积的臭衣服，我突然有种很凄凉的感觉，又并非凄凉，说不明白。总之这个感觉在我心底漫开，无头无尾，无始无终。我像一个四壁长满了爬山虎的山谷，空空荡荡，却又抓心挠肝地痒痒。

我回头看了看自己的寝室，满屋子乌烟瘴气呼呼往外冒，两种鲜明的对比完全是种赤裸裸的讽刺。我对着他们的背影说，你们闹吧，你们作吧，总有一天你们也会哭得跟王猛一样。话说完，我摇摇头，我又何尝不是呢？

王猛消失得真彻底，屋子里完全没有他的踪迹可寻，他连墙上的签名都用刀划去了。当时，也就是上午的时候，我倚在门口看他收拾东西，问他为啥把签名划了，猛哥的签名多潇洒啊。他擦去刀口上的白灰说他嫌丢人。

我没弄明白他为啥会觉得丢人，是学校给他丢了人，还是他给学校丢了人，又或者是他自己给自己丢了人？我弄不明白，但明显觉察到，当他环顾狼藉的寝室说出那句话时，往日的傲气，已经不在了。王猛啊王猛，你怎么突然之间就不豪横了呢？

哎，先把三急解决完再说吧。

厕所灯光幽暗，我看着厕所满墙的办证、四六级助考、各类促销兼职的广告，运了运气，用力将一股热流从身体中引出来，当然墙上还有别的东西，比如已经干了的鼻涕，蟑螂、蚊子的死尸，这些肮脏我都是极力避开的，就像避开大鹏的嘴。

回到王猛的寝室，关上门，闭了灯，我扯来一张糊墙纸垫在了王猛的床板上躺了下来，几只蚊子在我身边飞来飞去。

孤独，我终于正确定义了那个在心底蔓延的感觉，让我空空荡荡，无法自拔，脆弱不堪的，孤独。

但此时我怎么也不愿想起我那刚分手没多久的女朋友。

我讨厌她哭，讨厌她笑，她最好没有表情地把视线从我脑海中移走，把头扭开，站得离我远一点，再远一点，看不见最好，悄悄走，别说话。

窗外的树影慢慢摇晃，像一个堆满皱纹的女人，忸怩作态时在腋间缝隙中露出了对面女寝楼上零星的灯光，自我陶醉地卖弄着一场老去的风骚。我闭上眼睛，好像听到了童年枕边的海浪声，渐渐睡着了。

2

大清早，赶在上课的铃声打响之前，我和室友们各自昏昏沉沉地走在去上课的路上，阳光快闪瞎了我的双眼，我低下头，无心把视线留在那些在我身边经过的丝袜和短裙上。

这些女人对我们的态度是显而易见的，看似匆匆忙忙地经过，实则在目光一扫之瞬，便在心里把我们这几个常年苟且在寝室里发霉生臭的男人们挨个儿嘲笑了一遍，然后趾高气扬地走掉，那不屑的眼神好像在说，你们都是小丑。

我在大一的时候，还是比较喜欢学校的夏天的。那时，我觉得学校的六月份很美，草木欣欣向荣，柳絮漫天飞舞。当然，最美的是几乎所有女生都会穿上丝袜，黑色的、肉色的、紫色的、粉红色的……铺天盖地的丝袜，让我在下课的人群中内心跌宕起伏，感到无比的汹涌和澎湃。

记得有一天，我的管理学老师在课堂上讲了一大堆人尽皆知的科学效应，比如青蛙效应、木桶效应、蝴蝶效应之类，讲完后她留了个作业，让我们去仔细思考生活中的哲学道理，然后也总结出一个效应写下来交给她，算入期末成绩。就是在下课的丝袜浪潮中，我总结出了一个丝袜效应，结果轰轰烈烈地挂掉了管理学。

所谓丝袜效应，就是气候变暖催生校园里某个女生第一个穿上丝袜，然后周围女性纷纷效仿，由点及面，最终导致丝袜的大面积扩散的过程。丝袜效应在美化校园的同时也会给女性造成心理上的不良影响，这种不良影响表现为：

偶尔不穿丝袜走在大街上就会有裸奔的感觉，以至于许多“患者”在夏季结束后的很长一段时间内，即使外面穿着裤子，里面也要套上丝袜。不仅如此，丝袜效应也给女性的人身安全造成了一定威胁，夏季是犯罪案件高发期，穿着过度性感容易引起色狼冲动，悲剧时有发生。

虽然丝袜效应会促进男性的荷尔蒙分泌，使男性心情愉快，但是如果观赏过度也有可能导致正值青春悸动的男性朋友嗜欲过度，浮想联翩。所以，建议男性：对待丝袜效应要适可而止，避免悲剧发生。

时隔两年，当经历过各种被拒绝的我再次审视这些在我眼前飘来飘去的女生，终于清楚地认识到，一些女人，她们想从我这里收获的不过是虚荣，还有我那本就虚假的爱慕。那时候，我看到谁都觉得自己有机会，实在是自己想得太多了。

走进教学楼的时候，王猛失魂落魄地与我擦肩而过，我下意识一把拽住了他。

“你怎么还没走？”

王猛看到了我，扑到我怀里就开始哭，他确实是长得短了一点，脑袋正好靠在我的肩膀上。旁边经过的人都十分诧异地盯着我俩，然后迅速将诧异变换成一抹微笑，对着我欣然地点了点头。

我心说王猛你这是作孽啊，你是毕业了，但让我以后如何抬头做人啊？我赶紧把他拉到一边。

“你先别哭，这是要闹哪般？”

王猛支支吾吾说了半天，我才听明白怎么回事。昨晚我走之后没多久，他们也散了，各走各的。王猛有些神志不清，跑到女生宿舍楼下找小叶，小叶不接电话，王猛便在楼下大喊大叫。大家看他喝多了，也没人搭理他，楼下的小情侣们依旧卿卿我我，十分投入。王猛突然有种被世界忽略的感觉，悲从心中起，他便开始唱歌。本来他不唱歌的话没什么事，他这一唱，立马有人拨打了校园 110，于是王猛就在校园警务室待了一夜。

早上醒来后，王猛去教室找小叶，小叶也不在，她室友说她昨晚和男友出去了，现在还没回来。

交代完上述情节，王猛哭哭啼啼地从背包里拿出一个首饰盒递给我，我打开一看，是条不粗不细的金项链。

我不解地问：“什么意思？”

王猛一声长叹：“过几天小叶生日，那时我也不在学校，本想提前送她，不过既然她已经有新男友了，那就算了吧。”

我心中大喜，高兴地说：“王猛啊王猛，我怎么有种人之将死其言也善的感觉，你还有什么‘遗物’，统统交出来。”

王猛擦擦眼泪，转过身慢悠悠地说：“来，帮我戴上。”

“恶心！”我心灰意冷。

王猛转回来，笑笑说：“我逗你的，你拿走吧，我看着难受。”

我的脸上又恢复了开满野百合的春天一般的灿烂。

王猛说："'遗物'再没了，'遗言'还有几句。"

我把金项链托在手上掂量，乐呵呵地说："你说吧，我谨记。"

王猛又一声长叹，"你女朋友人真的挺好的，去把她追回来，不然你真的会后悔的。"

"算了，她甩的我。"

"那还不是因为你不是东西。"

我拍了拍他的肩膀，"猛哥，你自求多福吧。"

"谢谢，你也自生自灭吧，还赶飞机，先走了，常联系。"

我目送他离开，然后默默走进教室。

我对毕业很少有什么感触，该来就来，该走就走，没有什么大不了的。以前看到那些毕业前感情一般，毕业后也不会有什么联系的人在毕业时抱在一起痛哭，总觉得是件难以理解的事。

但这次王猛一走，明年就轮到我了。

上课的时候，我在教室最后一排安静地坐着，看着满教室的同学，突然觉得陌生又熟悉。陌生的是这个教室到现在还有很多我叫不出名字的人，熟悉的是此时我感觉自己好像回到了高中时代。那时我被老师安排在班级最后一排靠门单坐，晚自习时静静望着教室里低下来学习的黑压压的人头，蓦然觉得十分压抑。这种压抑没有源头却发出闷沉的声响，足以杀死十头寂寞的狮子。

突然之间，我觉得自己很闲，竟然闲得有点忧伤。当一个人面对茫然的生活时，总是会不由地感慨起岁月流逝。在这段不曾被我在意的光阴里，当初感兴趣的人，已经了解得没有什么话题了。当初不感兴趣的人，已经陌生得连名字都忘记了。我处在了一个无限麻木的世界里，紧锁着眉头，仍不知道自己愁什么。笑出了皱纹，却不停打听刚才我错过了什么。

生活，就是一不留神，便不疼不痒了。让我恨不得吃点洋葱再蘸点芥末，就算呛得眼泪直流，也要咂摸出一点滋味。

3

夜里，为了不被呛死热死在寝室里，我自己跑到操场上转了一圈又一圈。沈阳的夜空看不到几颗星星，只有一堆蚊子在我头顶绕来绕去，伺机降落，搞得我心烦意乱。

操场边有两个男生抱着吉他弹唱《老男孩》，吸引了很多人，不包括我，因为我自认为要唱得比他们好听得多。不过那歌声却让我想起了一句王猛从中套用的比喻——“青春如同奔流的江河”。

每当说及此，他或是摇头故弄玄虚，或是继续说下去，然后再叹息。当一切话题上升到文学的境界，叹息总是必要的。

“那年我二十一，偶遇了她十九岁未曾期待过的花开花落。”

这句是王猛在回忆他与小叶的感情时惯用的过去式句式。如果不联想到他倒霉的感情经历，这句话还是值得我叹息一下子的。

说起小叶为什么把王猛甩了，这个不能怪小叶移情别恋，原因只在于王猛单方面的脑袋缺弦儿。

王猛和小叶确实拥有过一段幸福快乐的时光，那时两人整日整夜地腻歪在一起，经常在人人网上发表一些肉麻的文字和照片，无情地霸占了所有好友的首页。

状态下面的回复很多，拉开一看，全都是王猛和小叶更加肉麻的对话，以及零星几个无聊人士对他们俩公开秀恩爱的谴责与抗议。我也对此抗议过，“你们两个人明明面对面，何必非要到网上去打情骂俏？”

王猛瞟了我一眼，得意地说：“你是在赤裸裸地嫉妒。”

但是好景不长，由于两人没有适当地注意生理卫生，小叶得了些妇科病。这件事让王猛很是担心，于是他通过强大的网络查询了小叶的症状以及治疗办法。王猛求知心切，一时蒙圈，习惯性地用手机打开了一个平时常用的社交网站，毫无察觉地把要查询的内容发成了状态。状态刚发送，小叶很不是时候地打电话跟他说想要吃阳春面。王猛放下手机奔去食堂，俩人吃完面后，小叶才知道那是一碗“内牛满面”。

王猛的状态是：女朋友白带很多，私处红肿、瘙痒，小腹持久疼痛，怎么回事？

许多人看到状态后在回复中恭喜王猛，说王猛功夫了得。也有许多人在回复中解答了王猛的困惑，还有许多人没有评论，只是轻轻点击了鼠标，默默地转发了他的状态。

结果可想而知，看到状态的小叶简直想死，直接注销了账号，消失了一个多星期。跟辅导员请假时，她的导员说：“你的病情我都知道了，你好好养病吧。”

王猛拨打了一万多遍小叶一直处于关机状态的电话，他红肿着眼睛，静静待在电脑前，一根又一根地抽烟。沉思良久后，他写了两篇文章，从此绝迹该社交网站，即《我的一失足成千古恨》和《论人心冷漠和幸灾乐祸》。对了，还有一条状态：希望你快点好起来。

其实，我觉得王猛发错状态这件事不过是件尴尬的糗事，并不至于让他遭受失恋的痛苦，而且达到这种苦不堪言的程度。

失恋后的王猛经常找我喝酒，但我从来没有安慰过他，因为一说起这个我总是憋不住笑，他也对此避而不谈，所以我只是陪他一杯又一杯地把酒咽下去，然后一起去兜风。

我和王猛有两个共同爱好：一个是我们都喜欢骑摩托车，另一个就是喜欢喝酒。不是因为酒好喝，而是迷恋喝醉后的那种感觉。

两个月前，沈阳漫长的冬天彻底过去了，到了一个感冒与感情的多发季。王猛兴致勃勃地一边脱掉秋衣秋裤，一边踹开我的寝室门，醉醺醺地奔向我。

当时我正一个人在寝室里玩着电脑，只穿了一条内裤，吓得一句话都说不出来。

“快点，穿上衣服。”王猛拍了拍我的肩膀又匆匆离开了寝室。虽然我不知道他要干吗，听到这句话后还是把心放肚子里了。

没过一会儿，王猛穿了一身皮衣，满面自信的春光，脸上带着些许红晕。

我问：“干吗去？”

王猛毅然决然地给了我两个字：“兜风”。

那天的风不大，但依然寒冷彻骨。冷风中我只感觉到了皮肤紧皱的战栗，而王猛却特别开心，油门拧到底。

过了一会儿，他骑车的速度慢了下来，把车停在路边，默默看着一个已经废弃了的公交站牌。我骑到他身边，停了车，点了一根烟。

“就是这个吗？”我问。

王猛点点头。

我下了车，走到公交站牌旁边，看清了上面刻的字，是王猛和小叶的名字。

我笑笑。

4

王猛和小叶就是在这个公交站牌下认识的，说起来还是很浪漫的。

一年前，沈阳为了迎接光荣而又伟大的全运会，四处大兴土木，学校附近的这条公路也由此被封掉重建，使得公交车改道，不少公交站牌在一夜之间被废弃。

那晚王猛耳朵里听着陈坤的那首《月半弯》，拼命用余光瞟着在月光下显得特别好看的姑娘。同样等车的其他人渐渐打车走掉，小叶左顾右盼，看似十分无助，脸上仿佛还有一丝泪痕。

王猛走到小叶身边，问她准备去哪儿。

“火车站。”小叶心神不定，回答得很简短。

“一起打车走吧，刚巧我也去。”王猛装得很诚恳。

他哪里是要去火车站，明明是要去烤肉店找我一起喝酒，等车时看人家姑娘长得漂亮，“意图不轨”，动机不纯。

“好吧。”小叶答应了。

去火车站的路上，王猛尝试着跟小叶聊天，但小叶一直看着车窗外面发呆，无心交谈，两人沉默着到了终点。

小叶掏出钱包，拿出一半车费给王猛，王猛坚持拒绝，说自己顺路。小叶看看他，说了声“谢谢”下了车。

一路回去时，猛哥的心情可以用四个字形容，无比失落。虽然从与小叶相遇到说再见的过程只有短短的半小时，但是这时间长得足够王猛把他后半生的幸福给安排妥当。一见钟情的感觉来得如此强烈，却又没有机会把握，王猛感伤从心中起，不禁哼起了歌。

司机突然把车停在路边，扭过头跟王猛说：“大哥你要是非要唱的话，你就下去吧。”

“不……不，我不唱了，走吧。”

就在这时，手机铃声响了，不是司机的，也不是王猛的。王猛回头看看后面座位上的手机，瞬间坏坏地笑了，可谓生活处处有惊喜，幸福来得太突然。

刚刚下车时太着急，小叶不小心把手机落在了车里。

王猛接过手机，说话的时候，小叶已经快检票了，再回去送也来不及，两人约好一个礼拜后小叶回到学校再把手机还给她。

小叶回校后，王猛时常帮小叶去热水房打水，请她吃饭，时不时送点小礼物，两人的感情一来二去地就建立起来了，事情发展得出奇顺利。我用了“出奇”二字，大致是因为，王猛出现的时机简直是个奇迹。

小叶有一个从高中时相好的初恋男友，上了大学后两人相隔异地，那个男生见异思迁，跟小叶提出了分手。未等小叶在失恋的悲伤中走出来，家里又突然打电话说，她奶奶病逝了。恋人的背叛和亲人的离世让小叶悲痛无助到了极点，在她最需要安慰的时候，别说是王猛了，就是随便跳出来个癞蛤蟆，对她表现得疼爱一点，她都能为之感动。所以王猛能把小叶追到手，我虽然很嫉妒，但是一点都不奇怪。

他们俩刚在一起的时候，小叶还是比较矜持的，她跟王猛约法三章：

第一，没课的时候，王猛要陪她去图书馆学习，双方应以学业为主。

第二，王猛要积极争取奖学金和评选学生干部。

第三，接吻只能在四下无人的黑夜。

小叶希望王猛上进，成为一个优秀的男生。这是好事，王猛也很支持小叶的想法。但这第三点，有点耐人寻味。

王猛曾就上述第三条对我表示了他的不解，我仔细琢磨了一会儿，欣然领会了其中的奥义。

“猛哥，你还是照照镜子吧。”

“去你的。”王猛狠狠留下三个字转身走了。

按照约定，王猛总是早早起床去图书馆帮小叶占座，两人经常在图书馆一坐就是一天，期间小叶很投入地学习，很少跟王猛交谈。王猛则在一旁装模作样，拼的全是演技和耐力。为了每天晚上能与小叶亲亲嘴，王猛誓把图书馆板凳坐穿。

在爱情的鼓舞下，这种激情洋溢的图书馆日子一直持续了一个多月，终于有一天，王猛按捺不住了。

他已经不再满足于在一二垒之间徘徊了，他要三垒，他要本垒打，他要打出一个大地绽放、阳光明媚的春天！

问题就在于，怎么打？

按照传统的校园约会方式来讲，为了达到某种不可告人的目的，通常都是由男方向女方发出夜间外出的活动邀请，比如吃饭、唱歌、看电影之类，两个人在愉快的玩耍中彼此心照不宣、不约而同地忘记了宿舍楼门的关闭时间，男方思考了半天终于开口：“没有办法，我们只能去住宾馆了。”

据不完全统计，十对情侣中有九对是在传统战术的指引下配合默契地完成了相互之间感情的升华。而王猛，偏偏就属于另外十分之一的奇葩。

王猛合上书，含情脉脉地望着书桌对面的小叶。

小叶注意到王猛在看她，抬头小声问他：“怎么啦？”

“我们开房吧。”王猛很认真地说。

坐在书桌旁边的一位路人甲兄弟听到了，他下意识地迅速倒吸了一口气，十分震惊地看着王猛。

“你疯啦？！”小叶着实吃了一大惊，她张大了嘴巴，用力压住声音。

“我没有。”王猛面不改色。

像王猛这样直白又坦诚的“二百五”世间真的少有，小叶的脸瞬间红得不成样子，她不知所措地低下头，呆呆地盯着书。

此时路人甲兄弟已经收拾书本仓皇落逃，这样的剧情对他来说显然是刺激过头了。

王猛目不转睛地看着小叶，静静等着她的回答。其实他的内心并不平静，像是有一口气卡在了嗓子眼，不甘心咽下，吐出来又怕太汹涌，只能干等着秒针嘀嗒、嘀嗒，转了一圈，又转一圈。

半晌，小叶合上书，深吸了一口气。

这个故事再怎么继续讲？

随着两人关系的升华，小叶的矜持一去不复返了，两人开始频繁地出入学校周边的各种小旅店，再后来干脆住到校外去了。

这确实是一段“潇潇洒洒、轰轰烈烈”的往事，可是它又像急速列车一样走得风驰电掣。如今王猛又来到他和小叶最开始相遇的地方，当回忆像火一样的燃烧，此时的他心里不知是如何悲痛。

所有人都会永远记得他深爱过的人，无论那段荒唐被掩埋在岁月的何处。每当回忆滋长，只能任由时光的速度将其通通抛弃，在你迷乱的眼中，街边店铺的招牌被拉成一条条彩色光线丢到脑后，最后是你在恍惚幽暗的走廊中，跳起一支无声的白色芭蕾，转啊转，转啊转，形单影只，弄丢了钥匙和项链。

“走吧，喝酒去。”王猛发动了摩托。

“你不是刚喝完吗？”

“不尽兴，走吧。”

王猛说：“你醉了，这个世界就不再有人清醒。”

于是我们都醉了，勾肩搭背，王猛笑了哭了，哭了笑了。

也许王猛不从学校滚蛋，我还不知道日子有多匆忙。

也许前女友没跟我分手，我也不会停下来认真想想自己和身边的人已经变成了什么样。

像是安排好了似的，在我浑浑噩噩胡乱追求的时候，冥冥中的谁冷不丁地给我来了一记耳光，虽然力道不怎么够，但还是有助于我从得过且过的生活中渐渐苏醒。

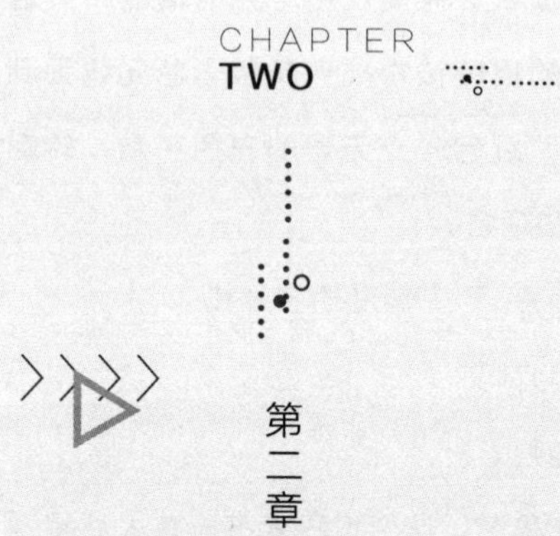

CHAPTER TWO

第二章

说起程梁的大学初恋

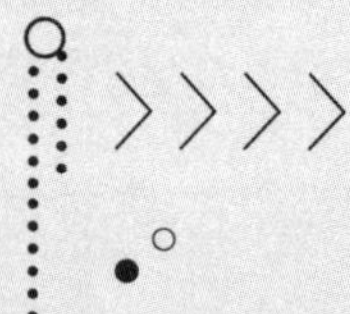

I

王猛走了之后，我把床铺搬到了对面，在下一届新生到来前尽情享受这片刻的安宁。这学期的课已经陆续结束，我盘算着按照我的表现应该不会挂科，于是心安理得地每天躺在床上躲避着酷暑，看看小说，无欲无求地过活。

李想每天像狱卒一样过来“探监”两次，换着花样给我带来各种盖浇饭。他在我们宿舍一直致力扮演着一个任劳任怨的老妈子的角色，经常帮我们打饭、打热水、取快递，甚至还帮程梁缝内裤。我们宿舍对此也是充满了感激，经常在饭局前开表彰大会，充分肯定李劳模在促进寝室友谊万古长青方面做出的卓越贡献，然后每人轮番敬他一杯酒。

李想虽饭量极大，但酒量奇差。这样每人一杯敬下来后，他基本上已经喝多了，余下的时间他就坐在那傻笑，看着我们狼吞虎咽，筷子都不动一下。一直到后半夜他在宿舍饿醒了，自己爬起来泡一碗方便面，在此起彼伏的鼾声中把我们每个人都骂上一遍。

但后来他也学聪明了，拒绝接受在表彰大会上“组织”授予他的一切荣誉称号，坚持声称自己对寝室做出的一切贡献都是“父爱如山”的表现。

程梁见故技无法重演，只好心生歹念，趁着李想去厕所的工夫，往他的啤酒杯里勾兑白酒，等他回来后，再借着歌颂寝室伟大友谊的祝酒词，大家举杯一饮而尽。

从此，每次酒后的寝室里，夜半又四溢起泡面的芳香。

我虽然暂时从寝室搬了出来，但寝室活动基本都参加，比如一天一度的泼盆大会。

泼盆大会的发起人正是程梁，起初是因为他太懒，不愿意走到学校澡堂子里去洗澡，于是干脆脱了裤子在公共水房里冲凉水，摇身变成了楼层的一道“靓丽风景线”。

靠着程梁的个人号召力，泼盆逐渐成了一项非常时尚的室内活动，参加的人数越来越多。每天晚上七点到七点半的黄金时段，泼盆大会如期举行，十几个人众筹出一枚洗衣币，把身上的衣服脱了扔进洗衣机，拿起水盆开始进行“祝福”。

程梁这个人出了名的懒，懒得连内裤都不愿意手洗。他经常趁我们泼盆的时候，偷着把他的花裤衩扔进洗衣机，即使大家对他的行为表示了义正词严的抗议，他却总拿自己纯洁如处子之身的话语来搪塞我们，还胡说什么大肠杆菌的交换有益于提升个体自身免疫力。

直到有一天，洗衣机用力过猛，一不小心扯碎了程梁的花内裤。程梁双手颤抖着托起被扯烂的内裤，顿时眼泪充盈眼眶。

在大家百般询问下，程梁深叹一口气，娓娓道出这条内裤的非凡意义。原来这是他奶奶在生前给他做的最后一条裤衩。当时她老人家听说孙子考上了大学，高兴地从病床上坐起，一针一线缝出了这条伴随他度过了三个春夏秋冬的裤衩。

众人听说此事都感到十分惋惜，在表示安慰的同时，也一起责怪他怎么能把这么贵重的东西扔进洗衣机。

另外，我们寝室为了程梁的终身大事可谓操碎了心，只可惜程梁这个人不争气，吹牛的本事上了天，可实操能力真是让人怒其不争。说起这个事，又要回到三年前，大学入学见面会那天，李静文同学的闪亮登场。

那天中午，为了目睹同班女同学的芳容，我们早早来到教室。到场时一个人都没有，五个男人在教室里呆坐了很久，期间只有一只苍蝇飞来飞去。

岳桐和程梁对这只苍蝇的色泽、翅膀振幅、飞行线路、飞行姿态以及对降落地点的偏好等数据进行分析判断，讨论了半天这只苍蝇是公还是母。

岳桐说：“你看这苍蝇乌黑锃亮，声响雄壮有力，落地后步伐坚定，这些都展现了它身为雄性的骄傲姿态。”

程梁并不这么认为，他说：“声音雄壮不可否认，但你仔细听，其声线细腻无比，宛如少女在高山上对爱人的呼唤，你怎么能说它是公的呢？再说它的飞行路线是S形，充分展现了女性的完美曲线，给人以如丝般顺滑的感觉，这不正是青春少女的魅力表现吗？更何况它喜欢飞行在我们几个雄性身边，这有力地证明了它的性别取向，你还有什么理由说它不是母的？”

岳桐大笑：“我对你扭曲事实的能力表示十分之敬仰，我差一点就信了。你再仔细听听，它的声音是‘嗡嗡’而不是‘温温’，哪里表现出女性的温存了？还有，雄鹰在天空盘旋伺机捕食猎物时，也会经常飞行出S形曲线，这并不能作为你进行判断的依据。最后你说它是因为性别取向而飞在了我们身边，更是曲解了事实。它飞在我们身边是因为我们身上散发出的汗味吸引了它。”

程梁说：“你真可笑，其实它是想把卵产在你散发着臭味的身体上，这样它的幼虫就可以啃噬你的肉体，健康茁壮地成长。难道你不知道苍蝇喜欢把卵拉到垃圾堆里吗？这就是一只母苍蝇，我已经闻到了它身上散发出的母爱的味道！”

大鹏说：“刚才我放了个屁……”

教室里回荡着几个人的大笑，岳桐一下拍死了那只苍蝇，试图在尸体上找出强有力的证据。

“我天，你看，这一条是什么？”岳桐大喜，指着苍蝇腹上的一条蠕动的白色物体大喊。

李想认真看了一下说：“那是肠子。”

岳桐说：“不可能。”

“真的是肠子。”李想很认真，继续说，“我曾经有个猜想，如果把所有苍蝇的肠子扯出来连在一起，会不会绕地球好几圈？”

几个人都对他的猜想表示无语，岳桐和程梁终于停止了关于苍蝇性别的探讨，一时间话题全无，教室安静了下来。

又是半个小时过去，我已经睡着了，李想猛地把我推醒：“来人了来人了，各位评委准备好打分！”

我连忙擦了擦口水，整理好发型，回头征求了一下岳桐的意见，岳桐点头示意我发型不错，我转回头装作若无其事地等待女生走进教室。

进教室的不是一个女生，而是一批。

身后的程梁和岳桐已经开始小声讨论，我基本赞同他们的观点，肯定是学习憋着了，李想侧过身用大失所望的目光回应我。我迅速从失望的情绪中恢复状态，整理了衣服，迎接即将走进教室的下一批女生。

李想兴奋地说：“你们快看，黄衣服那个漂亮！”

大鹏伸着脖子：“在哪里？在哪里？”

程梁扒开了他的脑袋：“你走开，挡我视线。”

身着黄T恤的女生果然是个美女，面容姣好，身材有料，在女生堆里简直是鹤立鸡群，熠熠生辉。美女身边伴着两个矮她半头的女生，其中一个黑胖龅牙妹将青睐的目光投向了我们这堆男生之后，脸上还露出了若有若无的笑。

岳桐四处扭头，舌动口不动：“刚才那个女生让我……，还好黄衣服的美女给了我活下去的希望。”

程梁捂住脸说：“她让我想起了一节眼保健操，叫作‘脚趾抓地’，大鹏你赶紧控制住她如火的视线，不要再伤及无辜了。”

班会由助理导员召开，他是一个大四的男生，他先做了自我介绍，然后开始点名，这应该是所有男生最期待的环节，大家都想知道那个黄T恤女生叫什么名字。

助导每点到一个名字，全班学生都会齐刷刷地把目光投向答到的那名学生，迅速打量，有兴趣就记着名字，没兴趣就把头扭回来，继续参与这个“以貌取人”的游戏。

“张××。”

“到。”

“王××。”

“到。”

“李静文。”

“到。”

答到的人是穿黄T恤的那个女生，所有人将眼神齐刷刷定焦在声源处，空气仿佛静止了那么两三秒。就是在这两三秒的时间里，程梁对这个漂亮姑娘一见钟情了。他痴痴地望着李静文，眼睛都不眨一下。

“这个女生是我的。”

2

下过雨的清晨，不得不暂时告别单衣。往军训的操场去时，与路边随风飘落的叶默默错过，时间连成线抖动一身风尘转瞬而逝。

沈阳紫灰色的天空没有多少飞鸟，操场边放起的风筝被做成了歼-10战斗机的形状。阳光没有力气地在人们黝黑的脸庞流淌，时光没有声息地穿越整个辽沈大地空荡的平原，变成一缕风划过，听不到一丝汹涌，只有不断重复并铺天盖地的口令充斥着耳朵，堆成了整个闷沉的军训。

向左向右转时，我想，要是能一口把这些枯燥乏味的声音吞到肚子里就好了，再用力排出来，使劲儿丢回到它们的发源地。正当我不着边际地幻想时，广播里传出一句“休息十分钟”，那一刻全世界仿佛都在欢呼。

程梁走到我身边，手插在裤袋里，用眼神示意了我一下，然后我点点头，尾随在他身后。

一直等我们跑到厕所我才意识到，其实我们用不着搞得这么拘谨。

我高中的时候，学校纪律十分严格，尤其对待学生吸烟问题，可谓毫不留情。那时我有好多兄弟都因此被迫中断求学之路，转而在其他方面寻求发展。为了不重蹈覆辙，程梁一定和我一样，不得不……

我暗自想着，程梁一定和我一样，不得不把这个“良好的作案能力”保持到了现在，事实证明我的猜想是对的。

在一次与程梁的调侃中得知，他所在的高中专门为违反纪律的同学设立了一个批评橱窗，放在校门口给路人公示。虽然此方法大大违背了“家丑不可外扬”的原则，但它确实使校风校纪有了极大的改善。随着家长们对批评橱窗的关注度的逐渐增加，橱窗上面所记载的事迹的恶劣程度和轰动性也越来越小。

有一回，程梁在操场上踢石头玩，结果隔天在批评橱窗里发现了自己的事迹：二年五班程梁同学于课间在操场上怒踢石子，给予口头警告处分。

“怒踢石子啊！石子啊！”程梁当时如是说。

我在一旁笑得不成样子。

程梁突然跟我来了一句，说他现在是正直、诚实、善良、勇敢的小仙男。我打量着他五大三粗的身躯，和他脑袋上除了眼睛以外各种巨大的器官，一口烟呛到了嗓子。

“你根本对不起‘小’这个字眼。”

程梁解开裤子对着小便池瞄准，低头想了想。

“对，我很大。”

我问：“仙男是怎么回事？”

他反问我：“你不觉得李静文像小仙女一样圣洁美丽，灿烂阳光照大地吗？”

“那是《欢乐颂》。”我翻了个白眼。

“对哦，欢乐女神圣洁美丽，灿烂阳光照大地。我说这句话怎么这么熟悉押韵，还以为我的文采随着岁月的积淀又不知不觉地增加了。”

程梁提上裤子继续说：“总之，她是小仙女，我就是小，啊不，大仙男。”

我问：“你准备怎么当大仙男？”

他掏出一张折好的信纸，在我面前晃了晃说：“你看，我荒废了多年的情书为她复活了，此刻我又体会到了花季雨季时那份朝思暮想、心驰神往的悸动。”

我问：“你什么时候写的？”

“我昨晚打了一夜腹稿，今早用了五分钟就笔如疾风地写完了，速度之快以至于你们都浑然不觉。”

程梁扶了下他那个好像永远擦不干净的眼镜，洋洋得意。

“我觉得你还是把眼镜摘了吧，那样看起来比较帅气。”

“真的吗？”

程梁摘下眼镜，几乎要把脸贴在了镜子上欣赏自己。

“是的，很帅。”我说。

程梁听后很高兴，真的将眼镜收起来揣进了裤兜，很嚣张地从厕所晃出来，走进了军训方队，惹起了一大片的惊呼。

此时一个声音突然从旁边喊过来：“程梁！你走错啦，我们的部队在这里！”

程梁的情书在他裤兜里揣了好几天，一直到军训第五天才送出去。

那天下午太阳很毒，许多人校服里面的 T 恤都被汗水浸透。喇叭里传出一句“中间休息”，全民再次得到了暂时的解放，程梁拽着我们去买水。

“今天太热了，我内裤都湿了。”程梁把手伸进裤子里搓了一下，“你看。”他把手伸向岳桐的脸。

岳桐打开了他的手：“你真恶心。对了，你的情书给没给呢？”

“没有机会啊……”程梁叹了一口气。

我说：“干脆现在。”

岳桐点点头。

在我们的怂恿下，程梁接近了坐在方队里的李静文，可刚走几步就掉头又回来了。

程梁说：“人太多，我不敢。”

岳桐鄙视了一下说：“你蹂躏大鹏时的勇气都跑哪儿去了？赶紧的，人越多越好，这样就不会有人跟你抢了，你没看见那些男生都贼眉鼠眼地瞅着她呢吗？”

程梁鼓了下勇气：“好，就算我被拒绝了也要断了他们的念头。”

他步伐坚定地走了过去，当时李静文正坐在操场上，低着头用手遮挡着太阳。程梁挤出微笑轻轻拍了李静文的肩膀，从兜里掏出一包纸巾，揪出塞在纸巾袋里的情书递给她。李静文抬起头，愣了一小下，然后微笑着接过情书说了声“谢谢”，用它擦掉了额头上的汗然后随手丢进旁边的垃圾袋。

程梁顿时尴尬无比地回头看看我们，我招手示意他将计就计，赶紧撤退。

岳桐摇头叹息：“这个二傻子怎么能把情书塞进面巾纸里……”

附近的一个方队在他们教官的带领下气势恢宏地吼着一首歌，他们的脸上都泛着激昂纯粹的傻笑。那个瞬间的天地中，日落西山红霞飞，喧闹被炎热烘烤得尘土飞扬。

“她怎么不把那个当成大邦迪呢？”程梁愤愤地嘀咕着。

除了我们，没有人注意到，程梁同学大学里的第一次表白刚刚以失败告终。

3

程梁这个人身上体现出的最为突出的特点就是他的自来熟精神。入学刚一个多礼拜，他就几乎把住在寝室方圆一个楼层的人都认识了。早晨在水房刷牙时见他跟这个打招呼、跟那个打招呼的，让我感觉他们早已相识。

程梁交朋友的方式很简单，就是一起调侃，吹吹牛皮。他先吹一个，再听别人吹一个类似的，他对此加以适当的赞许和感慨之后，再吹一个，然后这两个人就是好朋友了。当然这些一面之词都是无从考究的，大学就是有这点好，谁也不知道谁的过去，无论你的曾经是怎样的差劲，别人对你的初始印象都会建立在你个人杜撰的基石之上。所以，能恰到好处地运用吹牛皮的技能，就相当于给了自己一次再生的机会，也能提高自己在新圈子里别人心中的地位。

然而大鹏就不是一个能适当把握吹牛分寸的人，每次他跟别人吹嘘什么，五句话之内就会被对方鉴定为智力低下。他这边还兴致勃勃地跟人讲故事，那人已经抱着水盆说自己去洗脚了。此时大鹏只好抓住身边另一个人把故事讲下去，这个新的倾听者也一定会在五句话之内抱着水盆与之前的听众在水房相会。

我也曾在心里默默思考过致使大鹏不能成为一个成功的牛皮制造者的原因，总的来说是因为他太喜欢插话。如果他能用一个与别人之前讨论的话题相关联的、更牛皮的事把别人打断倒是也可以，但是他插话的目的并非如此，他就是单纯地因为喜欢插话而莫名其妙地插别人的牛皮。

有一天晚上，程梁召集了几个新认识的法学院哥们到寝室来喝酒，因为都是刚认识，大家热情劲儿都比较足，酒喝得起兴，互相谈天说地，讲了各种各样的牛皮事，期间大鹏在一旁不停地插话。

在酒局被大鹏搅和黄之前的最后一个话题是大家各自亲身经历过的暴力事件，当时对白如下：

程梁说："以前，我有个哥们的女朋友被别的学校的一个男生抢了，我俩找了一卡车的人，冲到他们学校门口去堵他。"

话说到此，大鹏插话说："哎呀我去，有一回我也见到校门口打群架，我还捡了一块表。"

程梁说了句"鹏哥你真厉害"，然后接着讲：

"那天我们去了他的学校后，就在校门口喊，然后那个人也领了一帮人出来，都带着棒子，结果也没打过我们，被我们一顿揍，最后警察来了，我们全跑了，地上躺着的全是他们的人。"

此时许多人正在对此发出感叹，但是被大鹏抢去先机。

他说："哎呀我去，我也不知道是什么牌子的手表，我就找我舅舅给我看看，我舅舅是卖表的，他一看说，那块表值五千多块钱！"

之后许多人跟他打听那块表的去向，程梁在一旁被晾得十分尴尬。绕了好半天，终于又说回刚才的话题，有一个人说："高考完事后，我跟我一个哥们一起去网吧上网，旁边坐着一个小子在玩游戏，好像玩劲舞团还是什么的，我忘了，他一边玩一边叫唤，全网吧的人都听他一个人叫唤，我让他小点声，他没理我，还叫唤，吵得我十分暴躁，最后我受不了了……。”

这哥们正讲得起劲儿，大鹏又是一句“哎呀我去”抢了麦。

“你不知道，我有个小学同学，跟我关系可好了。他从小就迷恋上网，但他成绩还特别好。他网瘾特别大，高考前一天晚上，他还在网吧通宵了一宿！”

那个哥们没有理大鹏，他继续说：“我教训他的时候也没注意，结果一抬头，身边围上了一群人。我以为是要阻止我呢，结果全是来一起教训他的！”

大鹏拍了一把大腿，兴高采烈地说：“哎呀我去，就这样他还考了六百多分！”

接下来两分钟，谁也没说一句话，都是低下头默默喝着，心里合计着怎么碰到了这么个山炮。大鹏则是一脸盎然的春意，像是刚刚释放了一个憋了很久的屁。

最后程梁打破僵局提议大家一起出去走走，一呼百应，大家瞬间都冲出了寝室，剩了大鹏一个人待在原地还没反应过来怎么回事。

走出宿舍楼，晚风微凉，空气里掺杂了些许烟熏火燎的污染，混着路灯下恍惚的明朗，使视线触及不了太远的地方。路灯下的恋人或并肩坐在花坛边，或牵手漫无目的地乱晃，无意间我们竟发现一对身穿大一校服的男女在花园深处亲吻拥抱，这让我不得不被那个哥们的下手之快而深深折服。

岳桐摇摇头感慨道：“两个人抑制不住自己的荷尔蒙，太不自重了！”

程梁说：“所言极是。”

岳桐说："嗯，对于这样的女生，我只想说一句话，快点来找我吧！"

他说话间我突然想起了小仙女这件事，于是问程梁准备搞出什么动作。

周围几个法学院哥们一听说有料，纷纷表达要"誓死"促进程梁的终身大事。通过讨论，我们觉得去小仙女楼下表白是最切实可行的方法。我们要做的无非就是厚着脸皮吼上两嗓子，其结果无论怎样都与我们无关，说白了，起哄而已。

程梁已经吹下了太多牛，早已将自己塑造成一个无所不能的带头大哥的角色，此时他若怯场，无疑是用这些天搬起来的石头把自己给埋了。

站在风口浪尖上，程梁只能硬着头皮还装作十分享受地说了一个字，"走"。

来到小仙女的宿舍楼，我们遇到了一个难题：她住的是几楼，寝室在南面还是北面？

一番思考后，程梁说："既然要表白，就不能敷衍了事，为了确保小仙女听得到，我们要楼前喊一遍，楼后喊一遍。"

同时，程梁又提出，大家喊的时候一定要有组织有纪律，不能瞎喊，不能乱了节奏感。

"全体都有！向右看齐！"

程梁站到人前，两手一背，对我们下达了口令，所有人都很配合地踏着小碎步找齐队形。

在军训中，教官教我们向右看齐时，上身要紧绷，略微前倾，手臂紧紧夹住身体两侧，中指要贴在裤线上，两个前脚掌必须拼了命地来回切换着触地，恨不得踏起地上所有的灰尘，要的就是那种行军打仗时气势恢宏的感觉。虽然我们现在只有几个人，但是我们心里都住着一支千军万马的队伍，铆足了劲儿要帮程梁丢一回人。

“向前看！稍息！”下完口令后，程梁转过身面向宿舍楼，气沉丹田，扯着破锣嗓子大声呐喊：

“小仙女！”

“我爱你！”我们齐声奋勇接了下一句。

“李静文！”程梁继续喊。

“程梁爱你！”我们又接了下一句。

如此反复循环一次，第一回合算罢休。

此时我们周围聚集了一群人，楼上也有许多姑娘跑到阳台上看热闹，还没等她们看清，我们已经转到楼后开启了下一回合。

客观来讲，程梁这次聚众表白，并非一次严格意义上的表白。首先它并不具备什么技术含量，其次它也不需要被表白的一方给予任何答复。基于这种方式，本次表白注定只能成为一场闹剧，一群人吃饱了撑的相互怂恿搞娱乐，收不到任何实质性的效果。

虽然这次表白没有预期的收效，但是通过这一次表白，我们几个参与者进一步加深了互相之间的友谊，茶余饭后的课余活动也开始变得丰富多彩。我们一致认为，这样的活动以后要多搞一搞。

于是，之后的每一天晚上我们都会聚集到小仙女楼下，通过帮助程梁同学呐喊出他的心声来培养集体荣誉感。

2009 年，一场突如其来的甲流扫荡得全世界都人心惶惶，国内所有的大型集体活动都被叫停，包括军训在内。军训正式结束前，学校决定组织一次真人 CS 活动，地点在学校东区的“野战林”里。

说起这里，许多人都会眼睛一亮。

在真人 CS 活动前的那一个阳光明媚、草长莺飞的下午，带着对新学校的好奇，我和程梁、岳桐三人游遍了学校的每一个角落，其中就包括“野战林”。

“野战林”实际上是一座不大不小的山坡，山坡下有几个卖食品和日杂的商铺，上山的小路就在商铺旁边，被草木掩盖，不易发现。沿着小路上山，周围生长着密集而又茂盛的树木，显然保留着建校之前最原始的面貌。

刚走到半山腰，程梁说他有点虚，要歇一歇。

“大学真是大，我们逛了多久了？有一个小时了吧。”程梁说。

“是不是简直不敢相信自己居然意外混入了大学的队伍。”岳桐双手掐着腰，但是找了半天没找到腰在哪儿，干脆把手扶在了屁股上。

“什么叫意外，你去查一查，我可是我们学院理科第一名，当年我也是我们高中的数理化小王子。”程梁笑起来时脸上的褶子能夹死一只耗子。

程梁确实是学院里我们这届理科成绩最高的，但是他一身学渣的造型把他深深地出卖了，纵然他强调了很多遍，我们也一致相信他高考是抄来的。

在岳桐和程梁聊天时，我独自沿路向坡顶继续爬，心想着等我到了山顶，要狠狠地嘲笑这两个胖子。

其实山顶并没有多高，我毫不费力就爬上来了，当我深深呼吸着山顶的新鲜空气，环顾四周时，瞧见不远处有一对情侣相拥在一起，正在忘我地亲热。

“野战林”由两个山包组成，像是骆驼的驼峰，两个山包相隔了大概六七十米，中间盘绕着一条崎岖的小路。我所在这侧的山包相对较高，可以说是能将一切春色尽收眼底。作为一个很讲义气的少年，这样的美景当然不能独享，我蹲下身向半山腰的程梁和岳桐招手，示意他们这里有情况。他们马上会意，两个人飞一样地蹿了上来……

余下的整个下午我们都在寝室里回味山坡上的景象，它燃起了少年们内心焦躁的荒原，久久不能熄灭。程梁反复说他要加快追求小仙女的步伐，早日脱单奔向幸福生活。

“其实我们学校的男生想脱单并不算是什么难事，男女比例 1:8，供求关系严重失衡。”岳桐啃着一个鸡腿，煞有介事地说。

这一席话突然让程梁意识到了自己到底肩负了怎样的时代使命。

“这样根本无法解决问题！我们必须得帮助她们！用我们的爱心和善良来解救这些困在寂寞煎熬里难以自拔的少女们！”

岳桐大笑：“有搞头，创建一个少女寂寞营救组织，专门用自我牺牲和奉献来解救这些无助的少女。”

程梁说：“对对对，这样算做了好事。”

“问题在于怎么找出这样的女人？”我也投入了这个话题。

岳桐说：“贴广告啊，把爱心传递到校园的每一个角落。”

程梁说：“广告的内容就是……少女们，你们还在为寂寞无法得到排解而深陷苦恼吗？还在因为没有勇气表露心中的欲望而困惑吗？找少女寂寞营救组织寻求帮助吧！”

程梁说完赶紧在书架上翻出了纸笔，把他刚编的广告写了下来。

“我说着玩的，真来啊？”岳桐说。

“有点爱心！”程梁语重心长。

李想大笑着从上铺跳下来，喊着：“爱，太爱了。”

程梁把他想的广告语又念了一遍，我们像在考听写似的把它复制下来。

我咬着笔头儿看着岳桐怎么写的，指导他说是表露心中的欲望，不是胸中的欲望。岳桐说这样听上去更能刺激人的神经。我说坏了，我们贴广告不会招来别的什么吧？岳桐说没事，我们写得很明白，少女寂寞营救。

我表示这个广告语内容太少，建议再详细介绍一下组织结构、组织职能还有组织文化，这样一来，少女们就更容易相信了。

程梁说："你干脆把整本儿《管理学》写进去吧。"

岳桐说："老师要是知道你学得这么好，一定会保佑我们组织兴旺发达。"

几个人写完后都觉得还差点什么，李想发现了，没有联系方式，于是我们把大鹏的电话号码和 QQ 留在了上面。

晚饭时，我们在女生宿舍附近把广告都贴了出去，守着大鹏的手机和 QQ，兴奋了一整夜。

次日，CS 活动如期举行。

根据作战部署，我、程梁还有岳桐三个人作为突击队员，在比赛的哨声吹响之后，边喊边冲了出去，李想和大鹏负责掩护，以及在必要的时候充当炮灰。

杀敌心切的我翻山越岭、披荆斩棘，第一个冲到了敌方阵地，结果迅速被敌人围殴，无法脱身。我捂着脑袋挣脱了半天，终于撞开重围，狼狈中来不及观察哪个姑娘漂亮，随手抓起了一个女生的胳膊往回跑。

被俘虏的女生受到了惊吓，她大呼着救命，几乎要哭出来，然而对于她的呼救我没有一丝的动容，因为使命在召唤着我，胜利的前方在等待着我。

这个女生劲儿真大，拽了半天我也没跑出去多远，这时候程梁跑了过来，好像突然良心发现一般，拽住我的肩膀，让我赶紧把人放了。

我回头仔细看了下被自己收押的女生，原来是班上的黑胖龅牙妹。

“放什么放？就地枪毙！”

我俩原地枪毙了黑胖龅牙妹半分钟，又原路杀回去抢人。

岳桐跟在后面喊着：“这回要看准了再抓啊！”

再次冲到前线，我们找到一处遮蔽物藏了起来，敌人就在前方，严守阵地。

岳桐说：“我觉得直接冲到他们老家强拉有些不妥，敌人太多。”

我说：“我们守株待兔？”

岳桐说：“嗯，不过我怕他们不来。”

程梁说：“这好办。”

程梁说罢站了起来，暴露出大半个身体，沮丧地大喊：“教官，怎么我的枪不好使啊！”说完就蹲了下来。

岳桐说：“可要是来得太多我们不一样搞不定吗？”

程梁说：“你跟我走就行了，一会儿我们把敌人引开，小岛趁机进去再抓一个回来。”

我点点头。

程梁站起来打探了下敌情，果然有几个人闻讯赶来，他拽起了岳桐往回跑。过来的人见他俩逃跑，顿时来了激情，穷追不舍地随之跨过雷池。

程梁奔跑中冷不丁地一个转身，抓住近身的敌人摔向岳桐，岳桐马上反应过来，接住程梁的这一记妙传死死将其压在身下。程梁紧接着奔向另一个敌人，左手抓住他的手腕，右手握住其上臂，矫捷转体，漂亮地完成了一次背摔，10 秒之内拆卸了敌人的装备。

被岳桐压在身下的人拼命与岳桐搏斗，情急之下不顾一切地扯住了岳桐的要害，岳桐也不顾一切地揪住了他的胸，还好程梁迅速赶来，及时制止了这场分不清主被动的人肉大战。

把守老家的队友们见敌人前来，都冲了出来与之血拼，敌方的小分队在慌乱的拼杀中被肢解。

此时的敌方阵地里只剩下守巢的女生，我如入无人之地，不紧不慢地仔细挑了一遍，意外发现了程梁同学日思夜想的小仙女李静文。于是我拉起了李静文的胳膊往回跑，脑海中构建出了一幅程梁牵手小仙女的画面，几乎被自己舍己为人的精神感动得痛哭流涕，任由小仙女在身后对我进行各种辱骂和攻击。

再次翻山越岭、披荆斩棘，我成功将小仙女拖回了大本营，在人堆里搜寻着程梁的身影。身旁的李静文开始对我破口大骂，问我脑子是不是有病，我笑着不回答，心想着晚上让程梁请我吃点儿啥。

这时我的身后突然传来一声大喝：

“畜生，放开那个女孩！”没错，此人正是程梁。

我回过头来，程梁举着枪指向我再次喊道：

“快把这个姑娘放了！”

程梁对我使了个眼色，原来他见到我抓回来的人是李静文，瞬间灵机一动，想让我配合他即兴演一场英雄救美。

我左手象征性地锁住李静文的脖子，右手持枪与程梁对峙，大声喊道：“你别过来！”

“你要是不放人我就一枪打死你！”程梁向前迈了一步。

“你再敢走一步我就一枪打死她！”我把枪口顶在了李静文的脑袋上，心想这都什么跟什么，咱俩拿着两把镭射枪，谁能打死谁啊。

枪口下的小仙女非常生气："你快把我放了！精神病！"

"你不要伤害人质，有什么事冲我来！"程梁继续与我持枪对峙，紧张的神情演绎得十分到位。

"你把枪放下！"我说。

"好好好，我把枪放下，你不要伤害人质。"程梁卸下枪扔到了地上，双手慢慢举过了头，开始与我谈判："同学你有什么诉求你可以理智地提出来，老师和同学们都会努力帮你解决问题，请你不要采取这种极端的方式。"

"我要女人，你能给我吗？"我说。

"你要女人你也不能大白天的强取豪夺啊，你这是在犯罪你知道吗？你喜欢女人你可以追求嘛，学校遍地是女人，总会有喜欢你的，对不对？"

"放屁，我要是能追到女生我还抢什么啊。"

"这好办，我可以帮你介绍啊，你看你小伙子也是一表人才，何必要走上一条违法犯罪的不归路，你要想想你的父母啊，他们可就你这一个儿子啊。"

"你能帮我介绍吗？你答应我，我就把她放了。"

"绝对没问题啊！"

"那好吧。"说罢我松开了李静文。

"这就对啦，知错能改，还是好少年。哎哟，你看你把人家女生吓得，我把她送回去，你在这等着我，我一会儿回来给你介绍女朋友。"

程梁走上前，试图搭上李静文的肩膀，可是小仙女并不吃这套，拧着身子躲开了程梁，说了一句"闪开"就气哄哄地走了，走了两步回头对我和程梁放了一句狠话："你们俩等着！混蛋！"

"小仙女生气了。"程梁呆呆地说。

我在一旁哈哈大笑："你完蛋了。"

我以为小仙女留下的那句狠话只是随口说说而已，没想到 CS 活动刚结束我们就接到了辅导员的传唤，邀请我们寝室几个人到他办公室谈一谈。

"多大人了，怎么还找老师告状呢。"我费解道。

程梁一点也不生气，反倒觉得李静文的这个举动有些可爱。从小到大他被叫过无数次办公室，家长也被找过不知道多少回，像这种去辅导员办公室谈一谈的小事儿，他一点也不在意。

我们几个来到导员办公室，敲了门进去。

他没有理我们，坐在电脑前玩着 QQ 农场，在里面挨家挨户地偷菜。

菜偷完了，他摆出一副严肃的脸，没有急着说话，先是点了一根烟，然后挨个儿把我们打量了一遍。他打量我们的同时我们也在打量着他，虽然军训时见过几回，但从没正面接触过。

辅导员同志很年轻，看上去比我们大不了多少，听说是研究生刚毕业就留在了学校做辅导员，我们是他带的第一届学生。

过了两分钟，烟抽到一半的时候，辅导员开了口：

"你们几个现在很有名气啊，听说要联起手来把我从这个位子上踢下去。"

"没有的事儿啊辅导员，我们这么尊敬您，哪能做出这么大逆不道的事。"程梁赔着笑脸连忙一口否认。

"没有吗？"辅导员停顿了一下，弹掉烟灰，抬起头看着程梁接着说，"军训头几天夜里，你们是不是在寝室里聚一起喝酒了？这个我没说错吧？"

我们没吱声，心说坏了，导员在学生中插了眼线。

“喝酒就喝酒吧，我寻思着，大家都是天南海北来的，聚在一起小酌一下培养一下感情可以理解，念你们是初犯，我就放你们一马。但你们可真给我长脸啊，前些天学院领导把我叫到办公室，把我劈头盖脸地骂了一顿，说我的学生现在反了天，经常聚众跑到女生楼下表白，影响十分恶劣，领导跟我说如果管理不好你们的话，让我趁早辞职。”

辅导员凝视着我们闪烁的眼神，接着训话：“当时我就想找你们谈谈，但是刚开学，事儿太多忙不过来，我就让你们再嘚瑟几天，你们可倒好，自己找上门来了，居然又在东区小树林里欺负女同学！你说你们不是想把我撵走，是什么？！”

程梁解释说：“导员导员，您先别生气，您听我说。聚众表白确实是我带的头，我一时发蒙，没有合理表达对女同学的爱慕，造成了不好的影响，对于这个事我深刻地反省了自己，而且向您保证此类事情不再发生。但是欺负女同学是没有的事啊，我们只是单纯地闹着玩，没有任何不良企图，您可千万别听信女同学的一面之词啊。”

“哦，原来只是闹着玩，这么说来我错怪你们了。”

导员把烟掐了，轻描淡写了一句。他慢慢打开抽屉，从里面拿出一张纸，突然用力把它拍在了桌子上，大喝一声：“这是什么？！”

接下来的一分钟，整个办公室的气氛像是被一场西伯利亚冷空气光速袭击，我们的肢体被迅速冻结，目瞪口呆，就连程梁这种巧舌如簧的人，也只是愣在那里，哑口无言。

“还少女寂寞营救！你们到底是想干什么！是要组织卖淫嫖娼是吗！”辅导员扯着嗓门，声音如雷，震得我耳朵嗡嗡作响。

我来不及琢磨到底是谁举报了我们，心里只说完了完了。

辅导员看着岳桐：“我听说你是参加了两次高考，还想再考一次是吧？”

岳桐低着头不说话。

辅导员又将目光缓缓转移到李想身上。

“我听说你家在大西北，倚着黄土柯子。你们那边孩子是不是很少有念书的？你这个年纪是不是大多都当爹了？你也着急回去结婚了是吗？”

“没，没有。”李想惊慌失色了。

这个辅导员真是不简单，不仅对仅有几面之缘的学生了如指掌，还深谙如何恫吓学生的精髓，几句话就将事实由浅入深地代入，配合上严厉的声情，直接把学生的恐惧推向高潮。

我正琢磨着如何开口解释这件事，程梁开口了:“导员，这事是我干的，而且确实是闹着玩的，如果您一定要处分我们的话，就处理我，和他们没什么关系。”

我以为程梁平时只会吹牛和扯皮，没想到他还是个很讲义气的人，但在这种时刻如果不站出来和战友一起挨枪子儿那也不是我的性格。我说:“导员，这事我也参与了，我们思想简单，只当开玩笑，没想到居然一脚踏上了违法犯罪的道路。”

“对对，导员，还好你及时制止了我们，挽救我们于水火之中，真的非常感谢您，我们一定深刻检讨自己，提高思想觉悟，杜绝违法乱纪的苗头，好好学习，天天向上，绝不再辜负您对我们的期望。”程梁反应快，迅速接了话。

岳桐紧接着补充道:“导员您是宽宏大量、宅心仁厚的人，您也肯定不希望您的学生一开学就被处分，这是在给您抹黑啊，请您念在我们是初犯，就给我们一次改过自新的机会吧。”

“是啊，就给我们一次机会吧。”我们异口同声。

辅导员再怎么老练，毕竟也是第一次带学生，更是第一次接触我们这些油嘴滑舌的学生，他一时语塞，思忖了半天，心里琢磨着你们这么快就把错误承认了，还就地表达了坚决改正的态度，这让我还怎么继续训话？但是他又不能马上就把架子放下，他一拍桌子：“都闭嘴！认识错误时这么快，犯错误之前想什么了？你们脖子上架着的是脑袋吗？这事现在还好只有我知道，如果传到学院领导耳朵里，谁救得了你们？”

一听这话，我们就把心放肚子里了，他只是想批评教育我们一番，并非真的要处理我们。之后我们又表了半天决心，程梁也承诺不再骚扰小仙女，回去我们每人写了一千字检讨，这事就此算完。

4

随着程梁追求小仙女的闹剧告一段落，上课以后的日子开始让人找不到主题。

程梁上课时笔都不带一根，恨不得把脑子也扔在宿舍里。他对我说这些东西考试前看看就好了，转过头的工夫他已经趴在桌子上睡着了，尽管李静文就坐在我们触手可及的前排。

出于对辅导员同志的承诺，程梁对李静文只能实施着“无为”政策，不主动攀谈，不无故打扰，只是每天把李静文身后一排的座位占掉，用他的话说是：“你爱也好，不爱也罢，反正我就在这里，你一回头就能看到。”

可是程梁并没有在李静文的身后坚持多久，随着他愈发感到自己“年事已高”，对于上课也逐渐感觉力不从心，终于有一天，他大手一挥，决定把读书这件事留给我们这些朝气蓬勃的年轻人，从此便很少出现在课堂上。除非是哪天从网吧回宿舍的路上，他夜观星象，大觉不妙。这个曾经站在风口浪尖的话题人物，渐渐淡出了人们的视线。

我虽然不逃课，但在课堂上的大部分时间我都活在遐想中，推敲人生的定义，燃烧不断迷惘的枷锁。这些遐想真真假假、纵横交错，像一辆城市公交车，顽固地绕着圈，让我几近走火入魔，唯有一个下课铃声才能终止我漫无边际的神游。

时光不会静止，没有感情，马不停蹄。北方的河流在冬季结成了锋利的冰川，挑灯看剑，刺痛严寒。美丽的学校在一场又一场的风雪中被冲刷得面目惨白，黯然失色。零下二十几度的北风狠狠刮在脸上，分分钟就能掀得人们皮开肉绽。

下课时五颜六色的人群里，所有人都裹得严严实实，在光滑的大地上打着出溜奋力前行，努力缩短着归寝路上这一秒和下一秒的距离。一转眼，就出溜到了期末。

大一上学期的课程已经结束，寒假前的两个礼拜，我被室友们突然高涨的学习热情包裹得异常紧张。每天当我醒来时，宿舍早已经没了人影，当然程梁“不算人”，通宵回来的他在夜幕再次降临前都只是个“死人”。

这些个日子，岳桐、李想和大鹏每天天不亮就夹着老师画的整本知识点去图书馆占座学习了。李想每天中午带饭回来，绘声绘色地跟我描述清晨的图书馆占座大军场面是如何的壮观。每天一直到晚上九十点才能见到岳桐和大鹏的影子，我甚至开始有点想念这两个人。

“你在图书馆学进去了吗？”吃饭时我问李想。

“学进去个啥。”李想说。

“那你为啥还要去呢？”

“就因为大家都去啊，我不去的话就感觉自己很堕落。”

“良心会受到谴责？”

“没错。”

李想匆匆吃完饭，随手倒了垃圾，又奔去了图书馆，剩我一个人，望着昏暗的天花板，十分压抑，压抑得想睡觉。

一直到程梁活过来，我和他一起去了网吧。出于对室友的“人道主义拯救”，我在QQ空间里发表了这样一封信：

亲爱的同学们：

大家好！

我们光荣的学校正在孕育着这样一群神奇的孩子。

在夜未散尽时，在清晨的严寒笼罩着整个校园时，图书馆外却排起了长长的等着入馆学习的队伍，这些孩子用他们对知识的热爱温暖了整个寒冷的冬天。我不能不敬佩、不能不仰视、不能不赞美这些在我们的求学之路竖起一座座丰碑，为我们领航、给我们带来光明理想与追求的人们。他们闻鸡起舞，他们勤劳勇敢。他们今天在图书馆占座，却建设着祖国的明天；他们学习在图书馆，成就却是在祖国的四面八方。

我惭愧，没能在阳光到来前起床去感谢、去关心身在学习第一线的战士们，未能前去送上一杯热水，问问亲爱的战士你们冷吗，你们冻脚吗。可是，在我惭愧时，我听到了没占着座的学生的抱怨，听到了大家对插队进图书馆的学生的咒骂，听到了没为同学占到座的同学和图书馆管理员的争吵，听到了被人踩到脚的孩子的嚎叫，听到了板砖在敲打，火炮在燃烧，听到了激情在四射时的蹦跳，听到了和谐美好校园气氛坍塌时的呼啸……

是否，在队伍的最后等待的是隐患？是否，在勤劳的背后掩藏的是迂腐？为什么考试前非得挤到图书馆去学习呢？

对于为什么学生都挤到图书馆去复习的解释众说纷纭：有的人说是因为生活区供暖不好，图书馆暖和；有的人说是因为寝室内没有学习氛围，学生到图书馆才能找到学习的感觉；更有的人说，是因为图书馆里美女多。我亲身采访了若干学生，也邀请了室友李想为不能前去观察的我带来现场第一时间的报道，总之还是无法揭开图书馆之怪现象之谜，留给世人的，更多的只是猜测。而身为笔者的我，更愿意为拥挤的图书馆开山搭桥到学生们的思想中去。

同学们，你们听说过孙敬、苏秦头悬梁锥刺股的故事吗？

听说过匡衡凿壁借光吗？

听说过曹聪称象、司马光砸缸吗？

我们有着对学习强烈的激情时，还在乎所谓的环境吗？

宿舍里，真的不能学习吗？

可以的！真的可以的！

热爱知识，就把知识搬到床上，让她成为我们的情人吧！在她无尽的深邃中自由地翱翔，在恋爱的美好感觉中忘记身边的喧闹，全身心地投入，与知识尽情地热吻拥抱，打磨智慧的火花，在肥沃的田野上播撒希望的种子吧！

你会收获一个雅典娜，会收获一个爱因斯坦，会收获无数的巴菲特……。让我们携起手来共建学习型寝室，打造躺在床上也能学习的校园吧！别让我再孤独地醒来，失落地看着空旷的寝室了。独自在床上与知识缠绵时，我会觉得有愧于你们的。

何苦在图书馆排队与知识搞对象呢？排不排得上还不一定，就算排上了，知识怀孕了孩子是不是你的还不一定。所以，把知识搬到床上，才是硬道理！

考试来临，祝所有在床上学习的孩子们：逢考必过，学业有成！

此致，敬礼！

您的好同学：小岛

这封信一写出去就收到了大量的回复，许多同学受到我的鼓舞，决定投身于学习型寝室的建设。室友李想和大鹏也被我拉下水，放弃了学渣最后的倔强。次日清晨，寝室里回归了一片祥和的景象，大家在各自的梦境中，睡得死一般沉寂。

唯有岳桐坚守住了内心的挣扎，早上六点我起来去厕所时，他的床铺已经人走窝凉。在学习这条路上，岳桐确实吃了比我们更多的苦，比我们经历了更多的寂寞与孤独，所以他也更加明白，唯有学习能伴他渡过汪洋苦海，唯有知识能赋予他武器去与命运抗争。

正是由于岳桐在图书馆里夜以继日、锲而不舍地坚守，他终于发现了一件不得了的事情——小仙女恋爱了。他已经第二次见李静文与一个男生一同出入图书馆了。

岳桐见大事不妙，急匆匆跑回寝室通知程梁，这则消息让沉睡中的程梁诈了尸。他立马掀起被子，穿上衣服，拉着岳桐直奔图书馆，一路嘴里念叨着，我的女人也有人敢动。

程梁守在图书馆里等了两个小时也没见到小仙女的人影，只有书桌上她和那个男生的书本，两个人不知跑到哪个角落里去卿卿我我了。程梁越想越来气，回到宿舍，程梁捶胸顿足、唉声叹气了一整天。

在无数次朝思暮想中，程梁早已认为小仙女早晚都会是他的女人，并且自欺欺人地认为在开学初期他对外宣称的主权与领土完整已经得到了国际社会的一致认可，没想到如今这片土壤被人乘虚而入，一不小心成了历史遗留问题，无法划清界限。为了解决领土纷争，百般思考下，程梁决定对入侵者实施威慑驱逐。那天清晨，他把我们每个人都活生生地从被窝里拔了出来，伴他一同加入了图书馆占座大军。

那是记忆中异常寒冷的一天，夜色犹在的天空昏暗浑浊，风声犹如千军万马呼啸着奔向大地，仿佛在呼吸之间便能冻住所有动物的五脏六腑。

程梁出门之前，将平时疏于打理的长发全部紧挨着头皮梳到了后脑勺，高领黑色毛衣外搭一袭黑色呢子大衣，黑色的紧身裤配双擦得锃亮的黑皮鞋，一身八十年代社会大哥的造型看起来不是要去参加小弟的葬礼，就是去尬一场群英荟萃的“社会摇”。为了避免外显臃肿与浮夸，他连秋裤都没穿，结果一出门，一米八几的身材在三秒内被冻成了一米六二。

到了图书馆后，没用多久我们就在等待入馆的人群中发现了小仙女的影子，她依偎在一个男生怀里，两人含情脉脉，用眼神互相取暖。岳桐说如果他再晚几天发现，没准儿小仙女已经成了小仙妈，到时候生米熟饭，一切都晚了。程梁脸色发青，强忍着打翻了一地刺鼻的醋酸。

等到图书馆号角吹响，闸门大开的那一刻，所有人嚎叫着冲向了这辆仿佛是开往新德里的火车，程梁拉着我往里挤，岳桐在身后用力将我向前推，一回头，李想和大鹏已经被人群淹没。我们紧随着李静文，一路踩过被挤掉在楼梯上的鞋子、口罩、围巾、发卡，盘旋而上，来到了三楼公共自习室，迅速抢占了李静文身边的位置。

李静文刚想与小男友一起庆祝占到座的喜悦，一抬头看到了桌子对面的程梁，笑容未等绽放，瞬间僵在脸上。当她起身想再寻找一处位置，发现此时自习室所有的座位已经被抢占一光，只能缓缓坐下，犹豫着掏出书本，心里琢磨着程梁到底想干吗。

程梁将黑大衣脱掉搭在了椅背上，刚才那两分钟似乎耗尽了他一整夜的体力，但他努力保持着社会大哥的冷漠，任汗水噼里啪啦地从额头掉下来，他不去擦拭，也不像我和岳桐那样大口地喘息。其实我也不清楚程梁到底想干吗，因为担心他一时冲动做出什么悔恨终身的事情，才挣扎着爬出被窝跟了过来，从而在必要的时候制止他。

可是程梁什么都没做，他只是跷起了二郎腿，双手叉在胸前，面无表情，目不转睛地看着那个男生。虽然程梁一言不发，但是我从他呆滞的目光中读出了许多话：

嘿，哥们，你注意到我在看你了是吧？

我的眼神是不是有点莫名其妙，是否让你头皮发麻？

想想我为什么看着你，你是不是做了什么不该做的事？

你是不是碰了不属于你的姑娘？

你知道你抢了我的女人吗？

你知道我现在很不爽了吧？

我就问你怕不怕？

你说现在该怎么办？我给你个机会好好回答。

当这位兄弟的目光与程梁交错的时候，他没有怯懦，也没有闪躲，他不假思索地回敬了程梁一个同样呆滞的目光，眼神里在说：

哪儿来的呆子？

什么怨什么仇？

我昨天丢的书是你偷的吧？

还要瞪我是吧？

来，哥哥陪你。

这个谁先眨眼谁输的愚蠢游戏一直持续了几分钟的时间，直到双方将彼此感动得双眼饱含泪水，各自对视成45度仰角，也没有任何一方有要退出的意思。事情进展至此，在旁人眼里越来越像两个认出彼此是自己失散多年的兄弟，无以言表，唯有泪千行。最后是坐在裁判席的李静文吹响了本回合比赛结束的哨声。

“程梁，你跟我出来一下。”

程梁收回他已模糊的视线，起身和李静文走出了自习室，李静文的男友这才恍然觉悟程梁此举因何而起，他也站起身想跟出去，岳桐在身边拍了拍他的肩膀：“让他们聊聊吧。”

程梁和李静文两人出去聊了很久，久到我伏在桌子上重温了清晨的美梦，直到程梁叫醒我，一脸吃了屎的样子说：“我们走吧。”

从图书馆走回寝室的路上依然很冷，程梁缩着身子走在前面，每当我试图与他并排走，他都刻意加快步伐，回避我的询问，闪躲他凝结在眼角的泪光。

我猜测这是程梁第一次喜欢一个姑娘，或者说是第一次尝试恋爱。

后来一直到大二即将结束，在我们专业分流之前的班级聚会上，我才找到机会向李静文问及那天她和程梁都谈了些什么。当时酒过三巡，李静文扎起头发，撸起袖子，一副江湖儿女快意恩仇的样子，很痛快地跟我讲述了她对于此事的感受。

李静文觉得男生喜欢一个女生，勇于表达是件好事，可是表白也要讲究方法，并不是人越多，所能表达的情感就越强烈。相反，正因为引起了广泛关注，当时女生中有各种风言风语传到李静文的耳朵里，每每听到那些子虚乌有的事情，她的内心都在万马奔腾。

程梁的表白毫无征兆地以闹剧开始，又仓而惶之地以闹剧收场，自始至终他连一个短信都没有给李静文发过，更别说去直面李静文，倾听李静文内心的真实想法。所以在李静文的心里，程梁不是在向她表白，只是吃饱了撑的拿她消遣。

即使这样，李静文也没有因此对程梁产生多大的反感。她觉得程梁是个率真的人，有着东北男人的真性情。而且入学短短几天，程梁就能聚齐那么多人去聚众表白，说明他在男生中有一定的号召力和个人魅力。如果程梁能把这种能力运用得当，日后也会是个很有才干的人。所以她向辅导员打报告我们在真人 CS 时“绑架”她，想以此引导程梁来向她道歉，好让她有机会把她的想法告诉程梁。偏偏程梁在课堂上像个木头一样躲在她的身后，浪费了那么多机会。后来干脆课也不上，销声匿迹，这一切都让李静文大失所望。

“我今天跟你讲这些，不是为了满足你的八卦。我希望，如果日后有一天，你们谈及程梁的堕落和一事无成，请你们不要把这件事怪到我的头上，谢谢。”

这是李静文那天和我说的最后一句话，也是时至今日我与李静文唯一有过的一次交谈。说罢她端起一杯酒，与我碰杯，一饮而尽。

我端着一杯酒，内心感慨万千，怎么也喝不下去。眼前的这个女生明明可以催促程梁上进，引领他走向光明前程。可是程梁，却因为莫名其妙的怯懦错过了一个极为聪慧的姑娘，和一个光明灿烂的人生。

这都是命运吧，我想。

CHAPTER
THREE

第三章

岳桐的人生思考

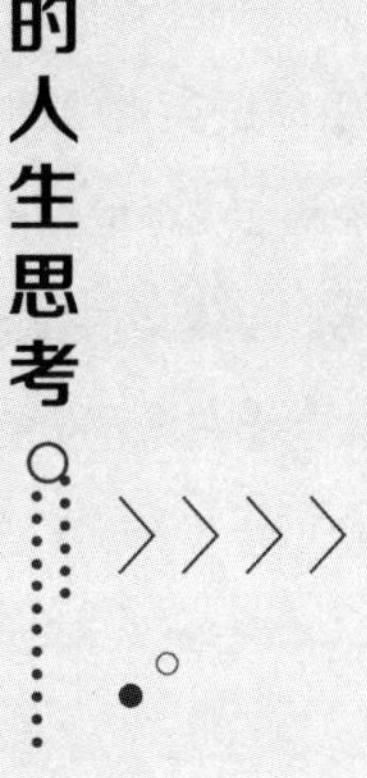

1

大一上学期的期末考试，程梁“不负众望”，英勇地挂掉了三门课，我因为一些小伎俩，幸免于难。

寒假里程梁以缺乏电脑辅助、学习进度跟不上为由，反复给他妈做思想工作，可是他妈始终不为之所动。通过总结自己屡次失败的经验教训，在寒假结束前，程梁再一次郑重地与其母进行了谈判。

他先是从第一次工业革命着手，详细论述了技术变革是如何推动了人类社会的发展，又引经据典地强调知识在个人命运改变过程中起到的决定性作用。在充分总结了21世纪信息化蓬勃发展的当下，社会人才竞争激烈的悲壮场面之后，程梁又信誓旦旦地表达了对知识以及科学技术迫不及待的渴求，并展望了为日后的人生所绘制的大好蓝图。最后程梁成功将他妈绕晕，终于如愿以偿，成了我们宿舍第一个拥有电脑的“先驱”。

可能我们学校是全国为数不多的夜间宿舍不断电、不停网的学校之一，这构成了学生的夜生活可以无限延伸的重要条件。自从程梁买了电脑，他几乎整个后学生时代都在黑夜的延伸中燃烧殆尽。在他自我燃烧过程中陪同殉葬的，还有我们宝贵的睡眠。我们每天从凌晨三四点一直睡到中午才起床，匆匆忙忙吃口饭，晃晃悠悠地走到教室。除了点名答到，剩下的时间都在睡觉。

我们开玩笑说，如果我们曾经有机会成为社会的栋梁之材，那么程梁就是坏了一锅汤的臭肉，是搅屎棍。在对他表达了若干次的抗议之后，程梁扶了扶眼镜框问道：“如果我是搅屎棍，那你们是什么？”

物竞天择、物以类聚的说法向来都是有道理的。在经历了无数个被程梁吵得睡不着的深夜之后，我们一致认为，想要改变程梁的作息与人生追求几乎已经是不可能的事，与其被动失眠，不如主动熬夜。至于上课，那就随缘吧。

在某日的卧谈会上，我们集思广益地畅想了如何丰富多彩地开展夜生活，于是宿舍里多出了麻将、扑克牌、三国杀之类深得百姓热爱的文娱产品。终于，在某个万籁俱寂的深夜，别的宿舍的朋友从门前路过时惊奇地发现这一片热闹非凡的盛世景象，一传十，十传百，渐渐地，我们宿舍成了整个楼层的文化娱乐中心，半夜睡不着的朋友总要过来充当一会儿吃瓜群众看看热闹。

借着人来人往的客流，李想在宿舍的空床上开起了自助超市，各类充饥下酒的零食一应俱全。

李想的自助超市运营之初，生意好得一塌糊涂，每天从半夜十二点开始，一直到凌晨三四点，上门选购的朋友可谓络绎不绝，畅销物资经常被一扫而光。为了留住回头客，李想在宿舍里众筹了五千元的巨款，全部用于屯货。

可惜好景不长，楼下体育学院的学生看到李想生意兴隆，迅速加入了竞争行列。他们的商品更齐全，服务更周到，居然提供 24 小时上门送货服务，还在宿舍门口贴了标语：皇家超市，使命必达。

程梁埋汰着李想说，你好好反省反省，一个市场营销专业的，买卖居然让一帮练体育的顶黄了。

虽然李想的超市昙花一现，但在它短暂的运营期间，我见识到了许多仅活在校园传说里的神人。也正是见过了这些人，才让我坦然相信程梁或大鹏真的都算不得什么奇葩。

有这么多传奇人物与我们朝夕生存在同一宿舍楼，让我不禁怀疑本楼是不是存在什么问题。

在与岳桐分享了我的想法之后，岳桐立即对此深信不疑，他拍着我的大腿，猝不及防地给我讲了个恐怖传说。

岳桐告诉我，传言在学校新校区建校之前，学校时代广场的位置以东整片土地都是废弃的乱葬岗，土壤之下埋藏着无数孤魂野鬼，无法逃脱，又难以驱散。在新校区开始建设之初，常有大雾弥漫，工人意外伤亡事故频繁发生，于是工人们开始议论纷纷，拒绝上工。为此，校方不得不寻觅到一位所谓的风水大师来一探究竟。

话说大师来到工程现场详细勘察了一番，再参考图纸一看，惊呼不得了，说学校在动工之前没有做足功课，导致邪气破土而出，凶灵遍野。这个结论一出来，校方领导惊慌失色，立即恳求大师出手挽救。而后在大师的指点下，工程师重新设计了图纸，以八卦为阵，采阴阳之极，避五行之凶，安安稳稳地将学校建设成了现在的样子。

“真的假的？”

程梁探出脑袋，他虽然一直在打游戏，但他全程偷听了我和岳桐的对话。

“当然是真的，难道你们没发现寝室里有什么不对劲吗？”

岳桐这句话严重惊吓到了程梁，我看到了他胳膊上乍起的汗毛。

岳桐接着说：“这几天夜里，你们玩的时候，寝室里虽然热热闹闹的，但我总感觉有股寒冷的气息在屋里飘来飘去……”

“胡说八道！”我见到岳桐说这话时一脸坏笑，就明白了。

程梁却仿佛相信了，收回了脑袋，立即结束了此次交谈，以免自己陷入更深的恐惧。

那一夜，受岳桐一席话的影响，寝室里的活动没有组织起来。子夜一点不到大家就关灯上了床，只剩程梁一个人在电脑前打着游戏。我一时半会儿睡不着，就抱着手机刷小说。大概是凌晨三点多的时候，我听到了一些并不寻常的声音，往地上一看，程梁正扶着个水瓶子，站在门边撒尿。

2

某一节公共课，老师课前扬言下节课不到者期末扣 10 分，于是这节课人满为患，甚至有人坐到了阶梯教室的窗台上，装模作样地记着笔记，那一脸虚伪的认真没能感动老师，反倒把他自己深深地感动着。

教室里充盈着各种食物在人们胃酸里发酵过后的味道，闻着像放了很多洋葱的驴肉包子。老师戴着麦克风声嘶力竭地喊课，我像是被封印在了油瓶子里，不知所云。

我隔着大鹏叫了岳桐两次，想和他聊聊，可他都扶着脑袋，聚精会神地看着桌上的刻字若有所思，只用鼻音哼了两声。我只得把脑袋伸过去，原来是一个自称“越狱”的组织在课桌上留下了招工广告。

我瞅了半天，“越狱”组织的业务竟包含代课、代写论文、代期末考试、代考四六级的一个违法组织。广告字迹清秀，语言激昂澎湃，充满诱惑力，听上去感觉只要为他们干活儿，不出一个月就能全款拿下玛莎拉蒂。

我把睡梦中的大鹏拍醒，跟他换了个座位，挨着岳桐坐下。

“想什么呢？你不会真有兴趣吧？”我问道。

岳桐还是不理我，满脸失魂落魄的惆怅。

“喂，跟你说话呢！”我用胳膊肘给了他一拐。

“我有点儿迷茫。”岳桐叹了口气。

“迷茫啥呢？”我一听就来了劲，满堂课的无聊终于找到了释放的空间。

“前程。”

“哎呀，你要是为姻缘兴许我还能帮到你，这大一还没结束呢，你咋就愁起来了？”

“早晚要面对，早一天思考也许能早一天得到答案。”

“迷茫也不能对这广告动心啊，这都是违法乱纪的事，你可是入党积极分子，要有思想觉悟。”

“跟这广告没关系，我只是想在毕业前找到自己的事业方向，并为之努力。”

“我还是觉得你有点儿操之过急，你不是每天都去图书馆吗，这家伙积极的，啧啧……我觉得你现在挺好的，每天徜徉在知识的海洋里，慢慢积累，肯定有收获的，你就别着急了啊。”

“你看看我们宿舍现在，整晚乌烟瘴气的，还哪儿有一点学生的样子？最近我失眠得厉害，早上上课昏昏沉沉的，不管我在图书馆看了多少书，我还是感觉到愈发的堕落和茫然。”

“难怪你最近郁郁寡欢，感觉你肚子都小了一圈，哎呀，心疼得我眼泪都要掉下来了。”

“一边去。”岳桐把我的手拍了下来，接着问我，“你呢？你就一点儿也不为前途感觉到担忧？这样下去你觉得我们会变成什么样子？”

“说实话吧，担忧有一点点，但毕竟时间尚早，船到桥头自然直。”

岳桐没再接着我的话聊下去，再一次陷入了沉思。

当晚，岳桐消失了，直到时间逼近宿舍楼门关闭的那一刻，还是不见他的人影。屋里的人都在打游戏，没人注意到他的缺席。实际上岳桐也很少参加集体活动，只是偶尔陪我们玩玩三国杀。

我登录了手机 QQ，给他发了消息，他没有理我。李想肚子疼，喊我帮他玩一会儿，我接手后瞬间就把岳桐遗忘在脑后了。

次日中午，我们还都没起床，岳桐满头大汗地推门进来，趴在地上拽出了床底下的行李箱，迅速整理着东西。

我从床上坐了起来，半睁着眼睛。

“咋，你要辍学回家放牛吗？”

“我出去住几天，思考思考人生。”

“住哪儿啊？”

“北门外小旅馆。”

“哦。”

我坐起身倚着枕头，看着他把东西收拾完。他的东西也没多少，除了身上那件蓝色的，他还有一件白色阿迪达斯、黄色阿迪达斯、黑色阿迪达斯。他拎起箱子，跟我说了拜拜，匆匆出了门。

此刻我有点怅然若失，像是被抛弃了。

岳桐一走就是三天，第四天下午，他终于拎着箱子回来了。

“呀！回来啦？好久不见啊！”

程梁佯装惊讶，言语里透着酸，仿佛岳桐的人生思索，与他形成了若有若无的对立。

“周末旅馆涨价，再说也没课，不用早起。”

岳桐躺在自己久违的床铺上，掏出手机胡乱翻着，不想和程梁把对话继续进行下去。

我转过身问岳桐他的人生思考得如何，是不是依然迷茫。他表示没取得什么进展，但是迷茫少了点，因为睡得好。

沈阳提前入了夏季，太阳黑子将水泥方块辐射成烤箱，热浪经过柏油马路的交叉感染，随风在建筑里飘荡，催化着建筑里人们的汗液和困意。

宿舍里几乎人人都配备了小功率的电风扇，即使这样，大家还是热得哭爹喊娘。经过其他宿舍门口，听到有人单曲循环着《大悲咒》，大声开导室友们“心静自然凉”。学校教导处这时候也很识趣，不来宿舍讨嫌。平时经常陈列在时代广场上的“宿舍违禁品博览会”也闭幕了，取而代之的是广场中央美轮美奂的喷泉。有人起初是被同学推了进去，后来体验到凉爽，干脆在里面待着不出来，还不停地勾引同学们进去，引来路边女孩子们的笑声。

孔子圣像旁的学子湖畔杨柳依依，长椅上坐着一对对年轻人，他们在透过树枝的光束中眯着眼睛，时而瞅瞅荷叶上的蜻蜓，时而看看身边的伴侣，仿佛两人经历了一生，此刻牵手倒在养老院的摇椅上，不管说什么，都不容置疑地经得起岁月洗礼。

我在上课的人群中大步流星地穿梭着，催促着程梁和大鹏快点走。

南区操场的篮球场上已经排列起等待上体育课的队伍，我低头看看表，很显然我们要迟到了。

可能是因为还有一个半月就期末了，最近老师们随便说一句“这个期末考试要考”，大家都在下面齐刷刷地动笔。侧身看一眼身旁的女生，高考都过去那么久了，她们的笔袋里还装着各种颜色的标记笔，书被她们标记得五颜六色。

岳桐坐在教室的第一排，专心聆听老师的课程，身上散发着与我们截然不同的光芒，时不时与老师进行目光交流。

这个学霸已经一个多礼拜没回来了，周末的时候以为他会回来，结果天黑也没见人，我们谁也没有提他。我们就像是他从一把芹菜里摘除的黄叶子，安静地、忧伤地在他的菜地里渐渐消失。我还是有点不明白，这一切发生得有点太快了。

岳桐的脸胖乎乎的，皮肤嫩得很，看着还要比我们小个两三岁，虽然长得不着急，但是他心里急啊。复读的那一年他经历了怎样的心路历程他从来不提，感觉像是由此错过了大把的人生，可能他心里想的不是超越我们，而是追赶他曾经的同学，而且是他那批里最优秀的同学。而我们，确实是他追途中的绊脚石。

想到此，我一点也不埋怨他。我想说每个人都有自己的人生节奏，应当从容地走，可我又不是什么过来人，尚不知道自己的节奏在哪儿、人生何去。

课上到一半，老师突然不讲话了，他看着满教室崇拜他的眼神，像军官审阅着自己忠诚的士兵。他缓缓放下粉笔，脸上泛起一抹微笑，似笑又非笑。

“同学们，我们周末去郊游吧，去棋盘山，怎么样？”

教室里瞬间炸开了锅，把程梁这根老油条炸翻了身。

“老师刚说啥？”程梁问。

“他说带我们去郊游。”我说。

“好啊！老师我负责烤肉！”程梁瞬间陷入亢奋状态，扯着嗓子喊。

同学们已经很久不见程梁的身影，都回过头来看他。

“太好了！我正考虑吃啥呢，这位同学帮我解决了！欸？这位同学你叫什么名字，不怎么面熟啊！”老师说。

同学们都在笑，有人告诉老师他叫程梁，程梁高声说道：“我叫红领巾！”

余下的半节课，大家都在讨论郊游分工，有的同学负责计算收取活动经费，有的同学承包了接送的大巴车，还有的同学负责给大家办保险，人多力量大，大家在下课前基本将郊游计划安排妥当，我还意外当选了本次活动的“保安队长”。

夜里，宿舍的墙壁热得黏人，我为了安心看小说，翻来覆去也找不到一个舒服的姿势。程梁和班级的女生打着电话，商量着炉子煤炭和牛羊肉等食品的采购与经费问题，我已经很久没见到他这么热情地投入游戏以外的事情了。

书看不成，我想起了岳桐，给他打了个电话。

“你那儿有空调吗？”

“有。”

“我过去借宿一晚成吗？”

“当然没问题，来吧。”

学校南区超市还没关，我进去买了一些吃喝，投奔了岳桐。

岳桐并没有住在小旅馆，而是在校东区外附近的一个生活小区里，要不是他在国际商学院后身的墙头外面接我，我怎么也找不到这么个地方。

我本想跟他回住处随便吃点，岳桐说吃顿好的，把我领到了小吃街边的一家正经馆子里，牌匾上写着“老地方”，后来我和岳桐经常在此碰面。

我猜得到岳桐为啥要请我吃饭，他一个人出来住了这么久，心里总觉得疏远了室友们而别扭，又不知怎么开口，正好借我找他借宿的机会，把心扉敞开。

岳桐酒量不是太好，酒喝几杯后，他就红了眼。

“其实我对程梁并没有什么看法，他活得很率真，想玩就玩，想睡就睡，我很羡慕他，只是我做不到像他、像你们那样，我的内心深处总是在审判自己、鞭策自己，这种感觉让我很受折磨。”

“你不说我们也都明白，有时候我们也会内疚，大家整宿不睡觉，严重影响到了你对自己的安排。”

“实际上我搬出来到现在，也并没有什么收获，有时也在怀疑我自己的选择，但每当我回顾被前女友甩掉时自己说出的豪言壮语，总是默默地多出了几分信念。”

这是我第一次听说他前女友的事，就多嘴问了几句。他们俩本是一届的同学，相约考去同一所大学，但是岳桐落榜了。后来复读期间岳桐多次去学校看她，而她仍把岳桐当成高中生，岳桐已经完全无法跟上她前进的步伐。分手时，女生对岳桐说了一句“没出息”，这件事影响他至今。

此刻我更加能够感受到岳桐对日后成功的渴望，这种渴望将他从嘈杂堕落的环境中驱离，逼迫他去寻找人生的方向。我转着圈地说着鼓励他的话，跟他喝了一杯又一杯的酒。

酒后我俩互相搀扶着回到他的住所，进门以后还有一道门，一个大房子被隔成了三个各自独立的房间，岳桐住在其中之一。

打开岳桐的房门，房间里的环境让我赞叹不已，精装修，大床房，大阳台，独立卫生间，加一个开放式的小厨房。

“这租金得不少钱吧？你小子原来这么有钱，你还要什么成功啊！”我感叹道。

岳桐拉着我又走出门口，指着门外的走廊说：“这一梯四户，都是这样的房间，都被我租下来了。”

“你租这么些房子干吗？”

“以租养租，我辛苦点，不仅不花钱，还能挣钱呐！”

“你这个积极分子真是让我刮目相看，你这是非法经营，不行，作为一个充满正义感的好少年，我必须举报……”

话还没说完，我赶紧找厕所，岳桐拍着我的后背念叨，你这酒量也不行啊。

凌晨两三点，我酒醒了，岳桐在身边打着呼噜，我却再也睡不着了。

3

棋盘山之行如期而至，早上七点钟，大巴停在了我们宿舍楼下，原因是准备野炊的东西实在太多，我们几个人楼上楼下地跑了两趟才装好车。

程梁昨晚打游戏打到半夜两点，闹钟一响，他跑去厕所洗了个手，开始了大师般的烤肉腌制。他一丝不苟地调配着各种调料的比例，时不时地把手指戳进嘴巴里品尝。

“淡了，再加点儿盐拌一拌。”程梁自言自语道。

一番搅拌之后，再戳一戳品尝，还是淡，他招呼李想去把阳台的生抽拿过来。

李想递来生抽，津津有味地看着程大师的实验过程，程梁提醒他别把烟灰掉进肉盆，不卫生。说罢他又把手指戳进了嘴巴，这次他个人比较满意。

程梁昨晚一共腌制了一盆牛肉、一盆羊肉、一盆鸡翅，还有一盆杂七杂八的东西我也不知道是什么，反正程梁声称自己的杰作一定会让我们大饱口福，只是腌完肉之后他的舌头有点麻。

本次郊游，程梁自我委任为厨师长，李想、大鹏，还有班级两个女生给他打下手，后来经过反复斟酌，他把大鹏从厨师队伍剔除，又邀请了一个女生。

可以说这是风和日丽的一天，天空释放出少有的湛蓝，微风轻拂着。老师身着一袭艺术家般的浅色亚麻衣服，胸前挎着一个大相机，面带微笑地和每一个女生热情地打着招呼。我总默默觉得这个老师不大正经，依据是他瘦长的脸型配着草窝的发型，不过今天没有那么糙，好像是最近重新烫染过。

乘车路上大家都睡得死寂，为一会儿登顶积攒力气。到达棋盘山景区，我们先占领了一片草地，老师开会叮嘱大家注意安全，约定好集合时间之后，队伍解散。

作为保安队长，我走在了爬山队伍的后方，岳桐由于体力原因做了我的副队长，时不时要求停下来歇会儿。

过了一会儿，前面有一小队女生故意放慢了脚步。

“队长，能帮我拿一下包吗？里面没什么东西，很轻的。”其中一个女生对我发嗲。

我犹豫了一下，点了点头，只见她们一哄而来，噼里啪啦地把所有包挂在了我和岳桐的身上，然后一起迅速逃掉了。

“这还爬个什么山？”岳桐一脸怨恨地看着我。

“到底谁需要保护？”我一脸怨恨地看着他。

走吧，只好下山。

到了基地，程梁正在引火，招呼我过去搭把手。我卸任了保安队长的职位，心甘情愿地听从厨师长的安排。

班里一个叫江圆圆的女生正切着洋葱，一边流泪一边埋怨程梁煨肉时居然忘记放洋葱。我走过去接过她手里的菜刀说别伤心了。

江圆圆还真是体贴，我切洋葱时她就站在旁边拿纸巾帮我擦眼泪，手上残留的洋葱汁液通过纸巾扩散到了我的眼中，我辣得心中火大，她倒是在一旁哈哈大笑。

切完洋葱，我俩有一句没一句地聊了起来，确切地说，是互相怼了起来。

“你们这些大老爷们儿整天闷在宿舍里干吗呢，一个个神神道道跟营养不良似的，也不出来上上课。”

“呦，你这是替辅导员来教育我们了，你该不会是他安插在人民内部的眼线吧？”

“我可没工夫盯着你们的一举一动，只是我每天上课都怀疑自己上了个女子学校，你说，虽然你们长得丑了点儿，但总归也要偶尔出来见见人吧？总这样下去，会越来越丑的。”

“你看看你这个人，怎么这么刻薄，既责备我们不上课，又嫌我们长得丑，我们丑也不碍你事儿啊，不入你眼不更好吗？”

“我这是为你们好才这么说的。”

“江圆圆，去年军训时我记着你好像没这么损啊，那会儿那个瘦了吧唧黑乎乎的小江同学还挺文静的，怎么突然间就这样了？”

“我那会儿黑是军训晒的，怎么你现在眼睛也不好使了？”

江圆圆把胳膊伸到我面前，要和我比一比肤色。我认真打量了她一番，说实话她确实比开学那会儿入眼得多，皮肤变白了，也学会打扮了。

“去去去，白有啥用，就我们几个丑男，你有地儿发挥吗？”

“瞧你这话说的，我们学院一共四届，学校有 24 个学院，沈北有 6 个大学，你真当我白给你们看的啊？”

“好好好，祝你白出沈北，走向世界，也求你忘了我们这些丑男。”

我跟她贫够了，不想再理她，转身蹲在岳桐身边犯懒，没想到她又跟过来了。

“怎么，生气啦？哎哟哟，大老爷们儿，心胸狭隘。”

“你这么一说倒是提醒我生气了，我好心好意地帮你切洋葱，你恩将仇报地埋汰我半天。”

江圆圆哼了一声转身走了。

岳桐一脸坏笑，叫我当心别掉入爱情的小圈套。

“不可能，我俩之前没咋说过话，她今儿也不知道咋了，像是吃错药了。”

“那可能是以前没机会，现在有了呗。”

“千万别。”

第一盘烤肉试探性地出炉，厨师团队有幸成为程梁的小白鼠，他殷切地盼望着我们的肯定。实话实说，味道确实不错。程梁得意地一边烤一边吃了起来。他翻肉的动作更加娴熟，像是已经专业从事该行业几十年。我调侃他不该出来念书，如果把念书的钱拿去摆个烧烤摊，现在也许二层洋楼都盖起来了。

到了约定时间，郊游午餐正式开始，老师凑齐了所有人，说了一大堆话，大家举杯同庆。

程梁把食物准备差不多以后，把烤肉摊交给了一个女生，跑过来跟我们一起席地而坐。他把厨师队伍的另外三个女生也喊了过来，江圆圆、何颜，还有她俩的室友王欣。

何颜是她们寝室老大，一头短发，模样算得上清秀，但举止像个男孩子一样，活泼大方又火爆。王欣比较内向，别人说什么她都是笑笑不说话。昨天程梁带着李想、大鹏还有眼前这几个女生在超市逛了一下午，此刻他们互相之间已经很熟了。

我发现程梁在女生面前活跃了不少，嘴里的食物不等嚼烂就咕咚咕咚地咽下去，这边喝着，那边天南海北的趣事又马上从肚子里冒出来，逗得何颜给了他好几拳。后来天南海北的趣事讲得差不多了，他又开始描绘我们每天晚上精彩的寝室生活，引得她们发出向往的赞叹，约定有机会帮她们混进男生宿舍。

十几分钟前岳桐借口去厕所以后就没有再回来的意思，我环顾四周发现他在不远处倚着墙根儿。我让程梁他们先聊着，起身过去看看他。

“你咋了，苦大仇深的？”我问岳桐。

岳桐眼神迷离地望向了远处，他大概知道我喜欢问个没完，干脆自己张嘴了。

“其实我也说不好，按理说红男绿女出来郊游本该是件挺开心的事，可是我却没有办法放下烦恼享受哪怕片刻的欢愉。”

“你这么焦虑，到底在烦恼什么？”

“我要是知道在烦恼些什么，也许就不焦虑了。”

“你不是生病了吧？”

“像是。”

“啥？！”

“青春的迷茫。”

“嗨，吓我一跳。”

这是我最近第二次听他说迷茫，我不自觉地也被带入他内心的情境去，开始思考一些与青春有关、不着边际的问题。我觉得如果把青春的迷茫比喻成一场病症还是有点贴近的。

“我还是帮不了你，你这个问题太深奥了。”

“深奥在哪儿？”

“这是一条人人要走的路，你比我早出发了几天，跟我预报说此刻在你的脚下这有烂泥、那有险滩，可就算我知道有什么在等我，又能改变什么？我该在迷茫来临前尽情挥霍，还是没事就捶自己两拳，或者把自己裹成粽子，提前适应起来？”

“挥霍，这个词用得好。我觉得青春不管怎么过都是在挥霍，挥霍的感觉，让我烦恼。”

“好嘛，病根儿找到了，尽管我丝毫没感觉到你在挥霍。”

“有时候我也在想，我这么费劲地考上大学，究竟干吗来了？如果说是学习来的，那我既然认真学了，为啥还会迷茫？如果是来玩的，那我为啥还要逃避放纵的生活？”

“我觉得这不是大学的问题，是人生阶段的问题。你这个岁数就该迷茫，不是在大学里迷茫，就是在工地搬着砖头迷茫。我看你眼下一时半会儿是绕不开这个坎了。”

“你说得对，走。”

岳桐昂首阔步地走开了。

4

我梦到自己在一个站满了人的沙滩上到处找不到厕所，情急之下，我脱得只剩内裤，一头钻进了海里。浮出水面时，我本能地回头看了一眼，人全都没有了，沙滩也没有了，我深处在一片汪洋里，听不到任何声音。我四处游，看不到大陆的影子，游着游着，身体突然往下沉，我用力向上挣扎却怎么也浮不起来。水面离我越来越远，四周越来越暗，暗得什么都看不见。一直到我憋到极限，我想，死就死吧，我一张嘴呼吸，突然就醒过来了。

屋子里阳光明亮得有些刺眼，我侧身翻下床，瞬间头痛欲裂失去重心，撞到了衣柜上。我扶着衣柜，踉跄地走到厕所，狠憋了一口气，把浑身所有的力气都排了出去。

我的左胳膊肘有些痛，伸手摸到了一个已经结痂的伤口，中间又再次裂开，一小股新鲜的血液流了出来。我睁开眼睛，努力在眼前对焦，镜子里的我反穿着一件特大号的黄色阿迪达斯，低下头看，下身是一件特大号的黑短裤，短裤里面没有内裤。

撒完尿，我扶着墙踉跄走出来，眼前是岳桐的房间，岳桐躺在床另一侧的地板上，呼噜打得很凶。我尝试回忆起之前的事情，冥思半天，记忆里出现了这样一个场景：程梁在一旁握着手机，好像在计时。我和岳桐一瓶一瓶地吹着啤酒，旁边李想在起哄加油。剩下的，我怎么也想不起来。

“你醒啦？”身后突然传来一个女孩子的声音。

我吓得猛地回头，江圆圆散着头发站在房间门口，一脸没睡醒的样子。我突然有点懵，不知道怎么回答她这句问候。这时王欣从对面的房间走了出来，我伸长脖子往对面房间里瞅，房间里再没其他人。此刻我的内心满是深深的费解，她们俩怎么会在这里？而我为什么也在这里？

我想问她们俩到底发生了什么，还没等想好怎么问，她们俩说了再见，推门走了，门框上面的时钟摆到了早上六点整。

我在床边慢慢坐下，挠着大腿上的某处瘙痒，看着窗外发呆。阳台的衣架上面挂着几件洗过的衣服，还有我的内裤，随着穿堂的微风，轻轻摆动。

到底发生了什么？

“咚咚咚”，是敲门的声音。

“老板，在吗？”最外侧的门口，传来陌生男人的声音。

我起身走过去开了门，眼前是一对情侣。

“那个胖老板在吗？”男生问我。

“他还在睡觉，什么事？”我问。

“哦，退房，钥匙给你可以吗？”男生把钥匙递给我，我伸手接过钥匙，钥匙上面挂了一个小牌子，写着“403A”。

“那个，还有押金需要退给我们。”女生开了口。

“哦，你等一下。”

我转身走回房间，用脚踢醒了地上的岳桐，岳桐在我的搀扶下缓缓爬了起来。

送走那一对房客之后，我和岳桐一起坐在床边。

“昨儿咱俩咋回来的啊？”我问。

“不知道，我断片儿了。”岳桐摸着他落枕的脖子说。

“昨晚江圆圆和王欣在这对面住的你知道吗？”

岳桐连忙去对面屋子转了一圈，满意地说：“还行还行，跟没住过似的，不用收拾，她俩怎么会在这住？”

“你问我？肯定是你带回来的啊！我虽然来过一次，可我也不认路啊。”

“哎，想不起来了。”

看来从岳桐这里肯定是找不到任何关于昨天的线索了，我决定再睡一会儿，回学校找江圆圆问个明白。

下午，我在岳桐那儿洗了个澡，回宿舍换了身衣服，这身衣服虽然洗过，但总有股怪怪的味道若隐若现，还有一条条肥皂沫的痕迹。室友们都还在睡着，我推了推上铺的李想，他翻了个身接着睡，不愿被叫醒。

我拨通了江圆圆的电话，电话那头闹哄哄的，她说她在南区商服，我让她站住别动，我这就去找她。

找到江圆圆，我把她拉到了商服三楼的咖啡馆，请她喝了杯卡布奇诺。

“你就这么感谢我？一杯咖啡就完事了？”江圆圆翻着白眼。

“不算完，你先给我讲讲昨天的事，晚上我请你吃饭。”我赔着笑脸。

“唉，我是真不想告诉你，你昨天有多狼狈，丢人丢大发了。”

“我咋了，不就是吐了吗？”

“你以为只是吐就完了？”

我一听这话心里没谱了，低头喝着咖啡，让她从头说，慢慢说。

江圆圆说：“昨天你和岳桐回来，也不知怎么了就那么高兴，非得喝酒。喝着喝着就拼起来了，当然，拼着拼着你俩都喝多了，躺在草地上就睡。我们在岳桐的大肚子上打起了扑克牌，一直玩到下午3点钟，大巴车来接我们回学校。”

“程梁他们没喝多吗？”我打断她。

“没有，人家酒量好着呢，可不像你们。”她一脸鄙视地看着我，我低头示意她继续说。

“大巴车来了，同学们陆陆续续上了车，就剩你和岳桐还躺在草地上，怎么叫都叫不醒，你室友就过去扶你俩。你可不知道，程梁刚把你扶起来，你先是打了个嗝，紧接着好像就要吐，程梁反应特别快，松开你瞬间向后撤了几步，你直勾勾地往后倒过去，一边倒一边吐，就跟火山喷发一样，两米多高的大抛物线，全都噼里啪啦地砸到你自个儿身上了！我的妈呀，我从来没见过谁吐得这么壮观，哈哈哈……不行，你先让我笑一会儿。”

江圆圆伏在桌子上，笑得跟犯了癫痫一样，肩膀上的锁骨笑成两个好大的坑。旁边桌的男女停止了交谈，大家都转回头看着她，我伸手推了她一把。

“行了行了，别笑了，你接着说。”

“哎呀妈呀，太恶心了，你这抛物线可把我们恶心坏了，人家程梁没喝多，瞅着你，他也吐了。不光他吐了，车上有女生瞧见你，也跟着吐了，你说你啊，哈哈哈……”江圆圆笑出了眼泪。

“好啦好啦，有完没完？”我有点尴尬，很不耐烦。

“咋，你好意思做，还不好意思让人讲啦？”江圆圆扯出一张抽纸擦了擦眼泪，接着说。

“你这真是把自己浑身上下吐了个结结实实，一点儿没浪费。大巴司机瞅着你直犯愁，跟老师说不让你上车，女生们也都一脸嫌弃。后来老师就把我们几个人留下来了，寻思等你清醒清醒，再打车回去吧。”

“就这么把我抛弃了？”

“那你能怪得了谁？”

“好歹给我冲一冲啊！”

“冲了冲了，你室友，一人去买了两大瓶水，对着你就浇，好歹算是把你给冲干净了，路边的老太太瞅着你直心疼，说可不能这么浇，容易把孩子激坏了。”

“那后来呢？”

“后来你就起来了，但还是神志不清，我们拦了两辆出租车，把野餐的床单铺在了车后座，让你躺了进去，我坐在了前边，跟着他们那辆车，就到了岳桐那儿了。”

“岳桐当时酒醒了？”

“没有，话都说不利索，但比你强多了，他跟司机说了地方，把我们带到他那儿去了，到了以后他把钥匙扔给我们，跟我们说这屋子随便睡，然后他就倒床上了。”

“然后呢？”

“折腾回去时天都黑了，我们就出去吃饭了。吃完饭，何颜跟你室友回去了，我和王欣担心你俩出啥事，回宿舍换了身衣服，带着洗漱用品就过来了，正好他这有空调，还能洗个澡。”

“再然后呢？”

“没啥然后了啊。”

“我那身衣服谁给我换的？”

“程梁换的。”

“不可能，我还不了解他，他能给我冲一冲我已经很感谢他了，再说他给我换了也不可能帮我洗了。”

“你就不能假装信了，非要给自己丢人吗？”

“怎么就丢人了？”

“你不臊得慌，我还臊得慌呢。”

“这么说，是你给我换的？”

“啊，是我，关了灯换的，我可啥都没瞅见！你可别来找我负责！”江圆圆摆着手，此刻恨不得跟我撇清所有关系。虽然确实有点丢人，但我还是有点莫名其妙的得意。

“哎呀，你个黄花大闺女，就这么给我换了衣服，我得对你负责啊！”

“我谢谢你，可不用。这事你可别乱说，不然被咱们班女生知道了，不定被传成什么样子，我可是有男朋友的人。”

听她说自己有男朋友，我有点小失落。

“晚上我请你吃饭吧，还有王欣，感谢你们在我危难关头没有任我自生自灭，好歹把我救了回来。”我双手抱拳，作感谢状。

“改天吧，一会儿我还得去找我男朋友呢，他傍晚有球赛，我得去加油。”

“你男朋友是篮球队队员？”

“不是，校队的，在我们隔壁学校。”

和江圆圆见了面，我又回到了岳桐那里，因为我走之前答应他晚上去帮他收拾房间，换洗床单。我把昨天的事情一五一十地跟他讲了一遍，他在一旁谢天谢地自己没有闹出什么丢人的事来。

“以后你还迷茫吗？还思考人生吗？”我问岳桐。

“不了不了，这喝多酒头疼的滋味，太难受了。”岳桐说罢，将怀里的床单狠狠丢进了洗衣机。

这段时间岳桐的人生思考也引发了我的感触，我觉得，这大学就是给我们一个机会尽情燃烧自己，因为可能一旦出了校门，我们就再也没有这样的机会了。所以，我决定以后不能像岳桐那样无故迷茫，珍惜眼前的一切。

CHAPTER
FOUR

第四章 记一个别开生面的暑假

I

自从江圆圆帮我这一次之后，我对她的好感与日俱增，说不上是不是喜欢，总之她的方方面面，让我越看越顺眼。在此之前，这个女孩从未走进过我的视野，我尝试回忆起过去一年关于她的印象，却检索无果。她像是一棵被灌木掩盖的无名花，我踉跄跌入，方才发现。

我突然很想去上课，想见到她，假装有意无意地和她说几句话，好让梦里多一些她的素材，添一些天马行空的情境。可惜，已经期末了。

在过去的一学期中，学院里大部分正常的男生都找到了女朋友，其中也有“能者”，一学期换了三四个女朋友。在大部分时间里，我是不羡慕这些人的。

终于，考试前的某一天，我没克制住自己，拿起手机给江圆圆发了条短信。少顷，她回复我，“和男朋友在一起，请问有什么事”。我的热情顿时凉了，回复她“你忙着，我找别人问老师画过的考试重点”。

我也并非一败涂地，有两件事暂时冲淡了我对江圆圆的幻想，一个是期末考试，另一个，是我从毕业生手里买来的二手摩托。夜里，我在学校新东区的无人地带风驰电掣。这一刻的快乐可以让我忘记很多烦恼，像是一颗孤傲的星球划破漫长而又寂静的长空，那一刻只要自己绚丽就够了。

就这样，有了摩托车的陪伴，我成功挨到了最后一门考试。为了让判卷老师留下好印象，我在最后一道开放题中奋笔疾书，待我放下笔时，同学们都走光了。眼前的监考老师已经等得有点不耐烦，说了一句到时间了啊，直接从我手里拽走了卷子。

走出考场，沿着校园小路一路骑车回去，宿舍楼门前停满了接孩子放暑假的私家车。学生们拎着行李箱蜂拥而出，人群里我看到了程梁，他拖着箱子向南门外跑去，开心得像个小学生。我喊了他一声，他没有听见。

进了寝室，屋里只剩李想正在认认真真地拖地，走廊里堆满了他从我们寝室里推出去的垃圾，这是我们积累了半学期的“丰硕果实”，保洁阿姨从中拾出整整一麻袋的塑料瓶。

这个暑假李想不打算回家了，因为他回家的路途太远，干脆留在沈阳做做兼职，赚点零花钱。暑假里宿舍要封楼，他提前和几个老乡在校外合租了房子。

曾经我也很喜欢放暑假，那时候一起玩的孩子特别多，每天都有闯不完的祸。可如今，仅剩的几个关系好的朋友也都去了外地工作，回家以后我要面对的生活就是吃饭睡觉，听我妈唠叨。想到此，我不禁长叹一声。

我默默从床底下拽出布满灰尘的行李箱，慢悠悠地打包着衣物，心里琢磨着可不可以找个借口，晚几天再回家。

“你们租的房子还有地方吗？”我问李想。

“没了，好几个人呢，我要跟一个老乡在一张床上挤一个暑假。”李想说。

我低头继续叠衣服。

李想看出来我不想回家，他说："你可以去找岳桐啊。"

"岳桐？他不回家吗？"我转念一想，对哦，他那么多房子，暑假也是要做生意的。

收拾好行李，我打电话给岳桐寻求庇护，他表示不能与我长期同床共枕，因为我总是把他踹到地上，但是他隔壁的小房间可以免费借给我，条件是我要打扫房间。我同时也提出了我的条件，帮我跟我家里撒个谎，尽量拖一些时日再回家。

我和岳桐在老地方饭馆碰头，举杯同庆暑假开始。岳桐酒后灵光乍现，帮我出了个好主意。在演习了许多遍之后，我按照他的指导，跟我妈谎称想去参加一个由教育局主办的为期三周的暑期乡村支教计划，还说完成这次计划后将会获得一个由教育部颁发的荣誉证书，这对我日后的工作将会很有帮助，岳桐在一旁配合我应付了我妈对此提出的所有问题。最后，我妈欣然同意了我去支教，并叮嘱我注意安全，照顾好自己。

放下手机时，我的内心非常惭愧，这是我的老母亲被我骗得最惨的一次，但是，这种惭愧很快被我妈转过来的几千块钱打散了。

当晚，我又请岳桐在路边吃了顿夜宵，一起盘算着如何充实地度过这三周的快乐时光。岳桐建议我去追寻我内心的想法，说了半天，等于什么都没说。想来想去，我想利用这个暑假，写几个青春题材的短篇小说。岳桐对此大加赞赏。

我与岳桐一起回忆了过去的成长，时而大笑，时而怒骂。突然间，我意识到我们所讲的故事距今已经有了一些年代，不知不觉我已是个足够成熟的男人，可以一展拳脚，有所担当。我不得不说这种想法……有点危险。

上一次我觉得自己是个大人，是非典那年，我成功度过小学六年的时光，顺利毕了业。那天开完毕业典礼，我与父亲一同回了家，父亲坐在沙发上抽着烟，若有所思地看着窗外。那个时候我家院子里的柿子树还活着，枝叶茂密，可以挡住一大片夏日毒辣的阳光。半晌，父亲说了一句话：“从今往后，你不再是小孩子了。”

父亲的话引发了我对人生的思考，是啊，在过去的六年岁月里，我像是攀登了一座高耸的山峰，山的那头曾是一个天真幼稚、奇丑无比的孩提，而山的这边，是英勇智慧、风度翩翩的少年。想到此，我长出了一口气，既然如今我已经悄然成长为一个一米五六的大人，自然是时候去做一些大人该做的事情了。于是我故作沉着，十分冷静地在我爸面前默默点着了一根烟。接下来那一顿胖揍令我至今记忆犹新。

岳桐听完这个故事笑到了桌子底下，也可能是他喝多了，直接一屁股坐到了地上，我扶起他，两个人晃晃悠悠回了他的公寓。

那天半夜我打开电脑准备构思我的小说，突然间文思泉涌，洋洋洒洒地写了七八千字，最后，在椅子上睡着了。

2

暑假里，岳桐的生意比较冷清，有四个房间在放假前已经长租出去，每天再零星地接上一两单短租，基本不用我帮他做什么事情。我每天中午睡醒，把岳桐早上给我买的包子放到他的阳台外面晒一晒，刷牙洗脸后回来吃掉。

为了节省电费，睡觉前我基本都是待在他的房间里，共享一个空调。我写我的小说，他看着各种各样的书，偶尔监督一下我的创作进度。

李想晚上经常过来串门，因为他同床老乡的女朋友经常前去慰问。王猛假前把摩托车交给李想照看，这一假期，李想很用心地“帮”他跑了三千多公里。听说李想是每天早上五点钟从沈北出发去太原街那边发传单，下午一路躲着交警跑去铁西做家教，傍晚再从铁西骑回沈北，没两天就晒得跟非洲难民似的。岳桐实在是心疼李想这么折腾，从网上帮他在三台子找到了两份家教，他终于不用每天跑那么远，还可以比之前多赚三十块钱。

这样的日子，安逸而充实，身边有一二好友，手里做着喜欢的事，想睡就睡，想吃就吃，不必风吹日晒。我渐渐真的把自己当成了一个成功的作家，想象着如果能如此过完一生真是人间美事。

直到阿萨的出现，打破了这个短暂的宁静。

我记得那天上午我正美美做着第二个梦，岳桐叫醒我，让我去接一个人。我问什么人，岳桐说有一个“路痴”把自己迷失在了校园里，因为在校园某处角落发现了岳桐租房的广告，于是打电话来求助，条件是他会在这边租房。

“没有办法，生意难做啊。”岳桐嬉笑说。

我记下他的电话，穿上背心出了门。

我骑着摩托从学校北门的人行通道进了校园，门口的保安在岗亭里懒洋洋地听着评书，没空理会我。到了北区操场，我按照岳桐给我的号码拨了过去。

“你好，哪位？”电话那头是个女孩子的声音。

“你……你好，是你要住宿吗？老板让我过来接你。”我觉得我可能是打错了，一时有点结巴。

“你怎么这么久才来！”她的语气有一些急躁。

“大姐，我还没睡醒就被叫过来了，你在哪儿？我过去找你。”

“我要是知道我在哪还用得着你吗？这什么破地方啊！”

“好好好，你别急，你告诉我，你身边有什么？”

“我身边是条路，还有一排树，很荒凉的样子，什么人都没有。”

她这个描述让我十分语塞，一想到她是客人，我又不好意思嘲讽她，只得好言引导。

“你身边有什么建筑没有？”

“没啥建筑，操场边有几排宿舍楼。”

“我们学校有仨操场呢，你那个操场边有看台吗？”

“没有。”

“有篮球场、排球场吗？用铁栏围起来的那种。”

“没有。”

“我知道你在哪儿了，你穿的什么颜色的衣服？”

“白色长裙。”

“好，你别动，我两分钟到。”

我是在我经常飙夜车的那条路上找到她的，那天她和她的小行李箱一起站在树荫下，汗水已经浸透了她后背的衣裳。她将一整个上午遭遇到的种种不顺，都化为怨恨的目光投注于我，那动人的模样，把我逗笑了。

“我以为你们开车来接的，我穿着裙子，你这个车我咋坐啊！”

“大姐，体谅体谅我们穷学生吧。”

“学生？不好好学习搞什么旅店。”

“勤工俭学。”

我拎起她的小箱子，横在腿间的踏板上，示意她侧着坐上来。她很不情愿地上了车，为了坐稳，不得不抱住了我的腰。那是我第一次载女生，尽管微风迎面向后而去，我还是闻到了她身上的芳香，让我浮想联翩。

受幼年时期的教育影响，在成长过程中我始终坚信男女授受不亲，而且儿女私情这种东西只要沾上半点就会耽误我练就绝世武功。所以，从小到大我对女生都是不屑一顾的态度，即使偶尔对某个女孩子略有好感，我宁愿去做一场梦，也不会对她表现出一丝一毫的关注。基于我这副鸟样子，没有女生愿意热脸贴冷屁股地主动跟我说话，以至于初中毕业时连个找我写毕业留念册的女生都没有。

那个暑假，我爸拉着我去了医院，问大夫说这小子平时对女生一点好感都没有，而且到现在一根毛都没长，是不是有什么问题。大夫给我检查之后说，问题不大，先做个包皮吧。我清楚记得那个暑假我有多么的痛苦。

一直到高一下学期我的身体开始发育，我才逐渐意识到，女性是多么神秘又富有魔力的生物，我开始觉察到女生的可爱。在生理的驱动下，我开始试着和班级里的女生讲话，可是她们一下课全都喜欢跑出去看高个子男生打篮球。高中毕业前，我也长到了一米八，但这迟到的青春期，让我和这些可爱的姑娘们，彻底错过了。

时至今日我仍然是个处男，我努力装作我不是，时常编造发生在自己身上那些不尊重女性的故事来拉近和同性朋友的关系。其实，如果曾有女生愿意主动站到我身边，像是阿萨的手，此刻搂在我腰间，让我早一点体会到这种可以澎湃我的温柔，我想我一定会热情地就地投降。

我就这样一路胡思乱想，载着阿萨到了出租屋。岳桐耐心地领着她看了所有的房间，她犹豫了半天，最后选了我和岳桐那套房子里空着的那间。原因是其他房子都是空的，她有点害怕，还有就是她感觉我和岳桐瞅着都不像坏人。

岳桐给了她一个很公道的价格，她掏出一个精致的小钱包，预付了四天的房费，然后进屋，锁上了门。

我相信每个人身上都有一个磁场，当两个磁场进入到彼此的辐射范围，其结果有三个：毫无反应；互相影响；或者一方干扰另一方。当某个人的接近给你带来异样的感觉，你就沦为被干扰的那一方，如果这个人意识到了自己对你所能够产生的影响，你就彻底丧失了缚鸡之力。我无处晓得这种异样感觉的由来，但从阿萨关上门那一刻起，我有些坐立不安。

我佯装成认真构思小说的样子，盯着屏幕上我的文字，脑中空空如也。岳桐多次用鸡毛蒜皮的事打扰我，都没能将我从深深的冥海中打捞出来。无数个我在磁场里乱成一团，没有一个我可以表现得像我。

可能我发呆了很久，也可能没有多久，只是感觉久一些。一直到阿萨从房间里走出来，来到我和岳桐半掩的门前。她洗过澡，换了一身舒适清爽的 T 恤，头发还没干，水滴顺着发梢跳进了她的衣裳。

“请问你们这附近有商场，或者大一点的超市吗？”阿萨问。

我认真打量着她的眼睛、鼻梁、胳膊、手指，忘记回答她的问题。

“出了小区门左转往西走一站地，到了黄河北大街右转向北走一站地，那地方叫正良，应有尽有。”岳桐说。

“嗯……你能再说一遍吗？”阿萨一脸茫然。

“嗯……小岛你带她去吧，我看你在这半天也憋不出来一个字，出去透透气找一下灵感。”岳桐转过脸看着我，偷偷眨了一下眼。

“可以吗？”阿萨也看着我。

“我……”我明明不想出去，可我的嘴背叛了我的心，“好吧。”

阿萨又坐上了我的摩托，去往正良的一路上，我见到的一切都是美的。美的天空，美的街道，美的人脸上散发着美的笑，美的垃圾箱飞出美的苍蝇。

我推着购物车跟在她身后，在超市里转圈。她买了床单、夏凉被、枕头、牙膏牙刷、洗衣液、晾衣架。每买一样，都对我笑一下，然后轻轻放到推车里。我随手抓起一个水杯。“这个呢？”她笑着摇摇头。我又随手抓起一双拖鞋。“这个呢？”她又笑笑摇摇头。

“好啦你不要推荐了，我知道要买什么。”阿萨说。

我“哦”了一声。

“你是不是逛得有点儿不耐烦了？”阿萨问。

“没有没有，我只是第一次陪女生买东西，没经验。”

“第一次？”

“嗯，第一次。”

“没有女朋友吗？”

“没有。”

“你们学校美女不是挺多的吗？”

“这和我单身有必然的联系吗？”

“有，真找不着，你就该反思一下了。”

我和阿萨有一句没一句地闲聊，不知不觉已经从超市结账出来，不知不觉我的胳膊上挂上了两个装得满满的塑料购物袋。阿萨坚持请我吃一顿肯德基，作为我卖力的奖赏。

“你叫什么名字？”我吸光了最后一口可乐，终于问了出来。

“叫我萨姐，我比你大好几岁。”阿萨说。

“如果我不想叫你萨姐呢？”

“那就叫阿萨姐。”

3

我们和阿萨在同一个屋檐下和睦共处了两天，在我看来这种和睦是虚假的，因为我们只是共享了一个通往外界的出口，实际上井水不犯河水。她一天的大部分时间都在房间里静静地待着，洗澡的时候会听一些很小众的音乐，睡前会看看综艺类的节目。没听到过她和谁打电话，也获取不到任何关于她的信息。

因为要照顾生意，岳桐房间的门在白天都是不关的，有时她出门的时候，与我和岳桐六目相对，为了缓解尴尬，她会很客气地问我们要不要带什么。我尝试借此机会再和她聊聊，比如让她帮我带包方便面什么的，但她坚持不跟我要钱，我也就不好意思再向她开口。当眼神相遇的时候，微微地一笑，再迅速将目光转回别处，就算是我与她每天仅有的交流了。

我并不喜欢这种交流，就像在公交车上你看到一个很漂亮的女孩子，你们的眼神相遇了一次，糟了，心动的感觉。可是你知道她很快就要离开，行驶的公交和飞逝的时间不断提醒你这是你们人生仅有的一次交集。你真的很想前去搭讪，但心里又暴增了一万多倍的难堪，陷入两难的你恨不得赶快下车，头也不回地，在人群里迅速忘记她。

还有两天，我的磁场很快就会恢复平静了，我想。

正当我做好了她很快就会离开的准备时，第三天的下午，她小心翼翼地站在门口，问我可不可以借走一本书看一看。我说可以啊，让她自己挑。

我多么希望书架上的书我全都看过，这样我可以在她犹豫不决的时候，给她一些推荐，借机和她聊一聊，展示一下我的学识与才华。可偏偏，岳桐的书架上堆满了各种指导性的书籍，没有一本像样的小说。

幸运的是，阿萨同我一样，对这些书不感兴趣。她正打算离开的时候，随口问我在写什么，我装作很谦虚的样子向她介绍了我写的短篇。

“我可以看看吗？”阿萨问。

我简直是非常愿意，但是我要装作思考一下，看到她眼神里的真诚，才像是有点为难一样，说了句“可以”。

她从一串钥匙上挑出来一个 U 盘递到我面前，我有一些犹豫，她说：“放心，尊重知识产权，保证阅后即删。”

余下的整个午后漫长无比，我无法投入写作，心里一直都在想她会不会喜欢我的小说。当她看到我精心设计的包袱，会不会笑？当她了解了我饱满的情感，会不会感动？当她读到酸涩的结尾，会不会忧伤？……或者是，她会不会只看了第一段，就没有心思看下去，关掉文档睡觉去了？

东半球的夕阳慢悠悠地前往西半球去唤醒属于他们的晨光，我的窗前夜幕降临，窗外飘进马路上的尾气和别人家厨房里油爆葱花的芳香。

李想的出现将我从整个午后困扰我的问题中解放出来，他一脚踢开门大喝一声：“儿子们，爸爸回来啦！”

他大步流星地走到我身前，将手里的一塑料袋喝的和一塑料袋烧烤放到了桌子上，随手拽了一个椅子坐了下来。

“来来来，收起来收起来！饿死我了！”李想迅速搬开了我的电脑，撤走了桌子上杂七杂八的东西。

“李老板今天怎么这么高兴，还请我们吃烧烤！”岳桐看到这一幕极其开心。

“我发工资了，带你们享受一下劳动成果。”

我哈哈一笑：“谢谢爸爸！”

这一顿劳动果实让我十分感动，因为李想在拿到工资时想到的第一件事是喂饱我和岳桐。尽管平时我们总是欺负他帮我们打饭打热水，但在他心里我们还是很重要。为了这份真挚的友情，我暗自决定明天也要请他吃一顿饭，再多点一道荤菜。

“来，这杯我敬李总，感谢李总的盛情款待。”我举杯。

“对，感谢李总。”岳桐说。

“哈哈，不要这么客气，来，干了！”李想将杯子举过头顶，跨过桌上的餐食与我们手里的杯子相撞。

这一刻我在李想脸上看到了一种令他自豪和满足的喜悦，也看到了他早出晚归，奔波在炎炎夏日中的辛苦。他性格里深深刻着勤劳的品质，是我从未拥有过的优点，不知不觉，他的形象在我心里渐渐光辉了起来。

我们一起尽兴地喝完吃完，李想起身告退，岳桐收拾残局，我回了自己的房间，洗漱完毕准备睡觉。

“叮”的一声，我的手机收到了一条短信，来自阿萨，这让我困倦的双目瞬间汇聚了整个宇宙的光芒。

“为什么你的小说里没一个好女人？你是被伤害过吗？！”

看到短信我笑了，不管她对我的小说持怎样的观点，至少她认真地看了，没有辜负我整个午后的期待。

“对不起，我没谈过恋爱，可能对感情的理解有些偏差，哈哈。”我回复她。

“没吃过猪肉还没见过猪跑吗？”

“见过，爱情里没有胜负，谁都不能全身而退，但同时，爱情又是自私的、主观的，每个人都更在乎自己的感受，我只是站在了男生的角度去看，并没有否定女性同胞。”

其实我也不知道我在说什么，只是想显得自己很有内涵，并且把我们的对话持续。这条短信内容过多，被分成两条信息发了过去。

阿萨没有对她自己的观点进行更深刻的辩论，过了几分钟，她又发过来一条短信。

“错字太多了，我帮你改好了。”

这些文字瞬间点燃了我，我坚定不移地认为，她帮我改错别字，是因为她喜欢我的小说。她的喜欢，让我澎湃。

在经过了几分钟的澎湃之后，我冷静了下来，又仔细地审阅了她这几个字。她说帮我改好了，并没有说什么时候给我，也许是在等我现在跟她要，也许她现在愿意见到我，愿意当面和我聊一聊我的小说，这种自信的解读让我的澎湃又持续了一分钟。

“请问阿萨姐是否愿意一起出去散个步？”我斗胆给她发了短信。

少顷，她回复我：“好吧，等我一下。”

噢耶！我开心地从床上蹦了起来，马上意识到由此产生的声响会被她听到，我控制住了内心的激动，握起拳头无声地庆祝。噢耶！

出了小区，我和阿萨并肩在路边闲逛。清凉的晚风轻抚着我们的沉默，在她开口前，我不想打扰她的思绪。

今夜的阿萨有一丝憔悴，她对街边每一处景色的凝望都透露出她的心事。我觉得她像极了《雨巷》里那个撑着油纸伞的姑娘，只不过撑开的伞化作了月光，月光隔开的雨，在她的眉宇和心上流淌。

正当我在沉默里细细体会她的忧伤，她突然停住脚步，看着身旁的烧烤大排档说："我饿了。"

我终止了关于雨巷姑娘的想象，随即挑了个位置请她入座，喊来服务员递上菜单。她点完菜以后把菜单回递给我，我根据菜量，只加了一个花生毛豆。

"你还喝得下吗？"阿萨问我。

"没问题啊。你要喝吗？"我问。

"那来一提吧，我也喝不多，就是想喝点儿。"阿萨说。

听到她说要喝酒，我有点喜出望外，她肯定是有故事想和我分享。

暑假里的大排档生意和岳桐的旅馆一样惨淡，火红的煤炭上只有阿萨刚下的单，没一会儿，老板就把一盘烧烤送上桌前。

我用桌上的茶水帮阿萨涮好了餐具，又用筷子尾熟练打开一瓶啤酒，倒满两杯。阿萨接过酒杯，一饮而尽。

"我以为第一杯你会跟我干杯，你怎么自己喝了？"我惊讶地说。

"渴了。"阿萨轻描淡写。

我又给她倒上了一杯，趁她举起来之前，跟她碰了杯，她抬起手来，又是迅雷不及掩耳地喝光了，把我给看傻了，没见过姑娘这么喝酒的。

"你要是有什么心事，咱可以慢慢聊，慢慢喝，你这么快，我很害怕啊。”

“我没事，你按自己的节奏来，我们今晚不踩箱。”

我心说坏了，碰见酒中巾帼了，万一我一会儿吐在她前面可怎么抬得起头。

“踩箱就踩箱，这桌子底下宽得很，咱俩全都躺得下。”吹出这番牛后，我连策略都想好了。

“好啊，那踩踩看，我没逼你啊。”阿萨依旧轻描淡写，好像身经百战，胸有成竹。

我握着一根羊肉串，与阿萨推杯换盏，二十分钟内下了五瓶啤酒。一个嗝闷在胸口，憋得我浑身难受。阿萨专注地啃着一个鸡脖子，面不改色。

半晌，我终于把那个嗝打了出来，阿萨看看我，笑着说："哎呀，又行啦？来，接着来。”

话音刚落，她“啪”的一下把一个空杯子撂在了桌子上，喝酒的动作之快我竟没有捕捉到。我意识到自己喝多了，扭过头望着马路上来往的汽车，想在注意力转移之间获得一丝清醒。

“你叹什么气啊？”阿萨问我。

“啊？我有叹气吗？”

“有。你喝不下就别喝了，我知道你今晚跟你的朋友们喝过了。”

“我没事，这点儿不算啥，我和室友们天天喝。”

“为啥天天喝，有啥不开心吗？”

“我能有啥不开心的，我就是喜欢而已。”

“有的话跟姐说，姐开导开导你。”

“得了吧，倒是你，藏着很多故事。虽然你不说，我也看得出来。”

“怎么看出来的？”

“当一个女孩没有心事的时候，眼神是清澈的，但是你的眼睛，装着星辰和大海，深不见底。”

“你不去当个渣男真是屈才了。”

“什么意思？”

“嘿，真别说，你小子以后肯定是个渣男，能说会道的。”

“能说会道就渣了？”

“对，有一个算一个。”

“好吧，我感觉自己也有渣的潜质，但是无处施展。”

“早晚会有的。”

我感觉阿萨已经准备好了跟我进行更深层次的沟通，我把话题转移到了她身上，打算慢慢问及一切我好奇的问题。

“你不是沈阳的吧，来这边干吗？”我问道。

“过来看一看。”

“看啥呢？你每天都在房间里，也没见你去哪儿。”

“本来是想来沈阳看几个学校，但是天太热了，我改主意了，不看了。”

“看学校干吗？”

“考研，看上哪个考哪个。”

“那你家是哪里的？”

“问那么多干吗？”

“好奇啊，你像一个谜一样。”

“为啥觉得我像个谜？”

“因为不了解啊。”

“这大街上每个人你都不了解，他们都是谜吗？”

“是谜，但都是我不想了解的谜，而你不一样，你好看。”

“渣男。”阿萨瞟了我一个白眼，“想了解我也可以，那你喝酒吧，你喝一杯我回答你一个问题。”

“好。你说的啊，我先去撒泡尿。”

我按计划，去了厕所，催吐，洗了把脸，扶着洗漱台调整好状态，假装我只是撒了个尿，自然地走回了座位。

我估测我目前的酒量还剩两瓶，眼前的杯是二两杯，一瓶 500 毫升的啤酒可以倒满四杯。如果耍点心眼儿的话，可以倒五杯。八到十个问题足够我了解一切我想知道的问题。

我喝掉一杯酒，开了口：“那就还是刚刚那个问题吧，你是哪里人？”

阿萨缓缓喝掉她手里的一杯酒，狡猾地笑着。

“干吗？你这是什么意思？”

“你每喝一杯酒可以问我一个问题，我不想回答的话，我也喝一杯，这样公平。”

我竟无言以对，多说无用，唯有干杯。

“你叫什么名字？”

“阿萨啊，你不是知道吗？”

“我问全名。”

阿萨又缓缓喝掉一杯酒。

“你耍我，我不玩了！”

“那就不玩，你的问题问得一点儿深度都没有。”

“什么样的问题有深度？”

阿萨没有回答，示意我想知道答案就喝酒。此刻我的醉意渐渐上头，它暂时战胜了我对阿萨的好奇，让我拒绝再被玩弄于她的股掌之中。

“如果你不想让我了解你，你可以什么都不说。”我端起酒杯，吃力地咽下最后一杯酒，接着说：

“我只是觉得，我遇到了很特别的人，说不上是好是坏。如果说是好事吧，我知道她注定会离开。如果是坏事，可她的出现又让我那么喜欢。我能怎么办？只能记得她的模样，记得她的名字，记得她从这泱泱世界的哪一寸土地而来，最后又去了哪里。可能这样，当我以后想起她的时候，不会太过遗憾。”

说完这番话，我不敢正视她的眼睛，在此之前我从没预料到，自己第一次表白，会是在酒后以这样的方式，毫无预谋、不合时宜地进行。可能我突如其来的表白也让她十分意外，她只是看着我，却不知道该说什么。

“你可以否认我，可以质疑我，可以说‘哎呀，我们才刚认识几天，甚至连认识都算不上，你怎么能说是喜欢呢’，但你改变不了我的想法，我也决定不了我的感觉。喜欢一个人，就像是做梦一样，是无法按照想要的剧本去编排的，它就是在梦里发生了，我得接受它。你能保证你喜欢的每一个人，都会有结果吗？你能决定什么人你该喜欢，什么人可以随时就不爱了吗？阿萨，你也不能。”

我把近几日的心路历程，一股脑儿地说了出来，说完这些，我心里舒坦多了。我的困意从我每一个毛孔里滋长出来，慢慢地包围了我，隔离了阿萨，隔离了周边一切的声响，我伏在桌子上，静静地睡着了。

当我醒过来的时候，不知道过了多久，感觉像是上一秒我刚趴在桌子上，这一秒我就醒过来了。

桌子上比刚刚多出来许多个空瓶子，阿萨还坐在对面，她在哭，她看到我醒过来，连忙把头扭到一边擦掉了眼里的泪水。

“你咋了，为啥要哭？你喝这么多干吗？疯了吗？”我一脸惊愕，像是在质问她。

“没事，我们回去吧。”阿萨硬生生地挤出了她的微笑。

“好，我去买单。”我撑着桌子站了起来。

“不用了，付过钱了，我们走吧。”

我掏出手机看了一眼时间，深夜两点。

4

在我们走回去的路上，我的腿在打晃，阿萨在身旁挽起我的手臂扶住了我，我挣开她的胳膊，把她紧紧搂在了怀里。

回去的路太短了，我想与她相拥至黎明，但一抬头，已经走到了。阿萨进门之前，我抓住她的手说：“我们一起再待一会儿，好吗？”

阿萨看着我没有说话，我再次把她搂进了怀里，住在我身体里最原始的本能纵容着我，热情拥吻着她的嘴唇和面颊。

阿萨推开了我，转身进屋，无情地关上了门。我立在黑暗里，心脏怦怦地跳动着。

回到房间，我坐在浴室的地砖上，冷水冲刷着我久难退去火热的身体。这一吻，发生得太快了，在半醉半醒、恍惚之间，我对阿萨的爱慕变了质，我原本只是想要知道她的名字，而现在我却想让她睡在我怀里。

我的左脑不停生产出对自己深深的鄙夷，我的右脑却不断重温着她柔软的身体。这是一场极为激烈的矛盾斗争，我宁愿此刻有一颗子弹，将我的脑袋炸得分崩离析。

走出浴室，回到温暖的空气里，我把自己重重摔在了床上，摔得自己眼冒金星。无数个阿萨在我眼前奔腾成千军万马，千军万马又化成一个阿萨，关上了门，把我留在黑暗的走廊里。

我拿出手机给阿萨发了短信："我好痛苦，也好想你，你能不能告诉我，我该怎么办。"

我盯着手机屏幕，第一分钟石沉大海，第二分钟杳无音讯。第三个分钟，窄窄的房间把我捆绑成了绝望的样子，挤出了我身体里所有的贪婪，教唆我孤独地睡去。而我不想睡，我怕睡着了，以后会永远心甘情愿地孤独。

我起身穿上短裤，倚在阿萨门口。

"阿萨。"我叫了她的名字，声音不是很大。

"阿萨，你别怕，我不想伤害你，我永远都不会伤害你。我只想问，你曾经有没有因为喜欢什么人而感到痛苦？"

没有回答，我接着自言自语：

"有吗？我猜会有吧，不然你今晚为什么趁我睡着时偷偷地哭。我现在，也很痛苦，我从来没这么痛苦过，因为我从来没有喜欢过什么人。原来喜欢一个人是这样的，就算你明明知道自己很痛苦，可是你还是愿意沉浸在痛苦里，因为这可能是他留给你的唯一一件东西吧。"

依然没有回答。

"阿萨，我知道你要走了，我知道我留不住你，就算我不知道你的名字，不知道你的家，我知道你叫阿萨就够了，我会永远记住你的，阿萨。

你也不要把我忘了，好吗？”

阿萨的房间里传来了声音，她下了床，正在走过来，我的呼吸变得急促，心脏又开始了剧烈的跳动。

阿萨开了灯，也开了门。

“这么晚不睡觉你是有病吗？”阿萨眯着眼睛，正在适应着眼前的光亮。

“是，我病了，我想你，你治治我吧。”

阿萨看着我，没有回答。她只是看着我，看得我面红耳赤，时间凝结在了空气里。

突然，阿萨把我拉进房间，一把推到了床上。

阿萨向我袭来，用嘴唇，温柔地封住了我的惊讶。

我用疯狂的拥吻回应着她身体的曲线，这生平第一次的经历，像是探险者终于找到了海盗船沉没百年的宝藏，不单单是几个表达兴奋的词语足以描绘的。

没想到，梦里曾经历过无数次的幻想居然真实地发生了。

没想到，那方寸间的热涌，比幻想中还要惊艳，即使此刻后脑勺有一把枪，我也愿意天翻地覆这一场。

等我再睡醒的时候，阿萨已经走了。房间里空空荡荡，却无处下脚我的悲伤。我揉搓着自己的脸，痛苦哀号着。

岳桐听到我的声音，一脸坏笑地进了房间。

“她不让我叫醒你，怕太尴尬。她只留了这个 U 盘给你，别的没啥了，她什么都没说。”

岳桐把 U 盘扔给我，转身出了房间。

“对了，早点儿起来把房间空出来，这两天学校里面有个资格考试，好多人过来看房。”

我翻出手机给阿萨打电话，电话里不断重复着她已经关机的提示。

“到底也没告诉我她叫什么。”我自言自语着。

我的沮丧持续了好几天。阿萨住过的房间已经换了两个房客，每次去打扫我都会体验到一种极为悲凉的心境。她消失得如此彻底，就好像从没来过。

经过这几日，我也重新审视了自己对阿萨的感情，我确定自己是喜欢她的，不然我不会如此失落与难过。但那一夜我对她翻江倒海的爱意，仅在那一夜是真诚的。这个真诚在酒精挥发与欲望被一次次释放之后逐渐退化，露出了原本丑陋的面目。阿萨可能完全明白是什么在驱动着我那么汹涌地向她表达，只是她不想戳破。

在阿萨离开后的很长一段时间内，我深陷在一场自我怀疑的挣扎中，百思不得救赎。阿萨算是从小到大我投入感情最深的一个人，如果这样一个让我动情的女孩都不是真正的爱，那么我不得不担心，此生不会有那种理想的炽烈与我共存。如果所有山无棱天地合都是冲动时的假象，我宁愿抛开所有以爱之名，成为一个没有感情的人。

后来，在经历过漫长的成长之后，我渐渐明白了爱与性的关系，也明白了，内心的孤独像一口深不见底的枯井，无论身体经历多少次坠落填充，都是无济于事的。感觉孤独的时候，更深层次的孤独，是身体无法挽救的。

在为期三周的“乡村支教”结束之前，岳桐在淘宝上给我定制了一个奖杯和证书，我带着它们和一场谎言回了家，虚度了我剩下的暑假。

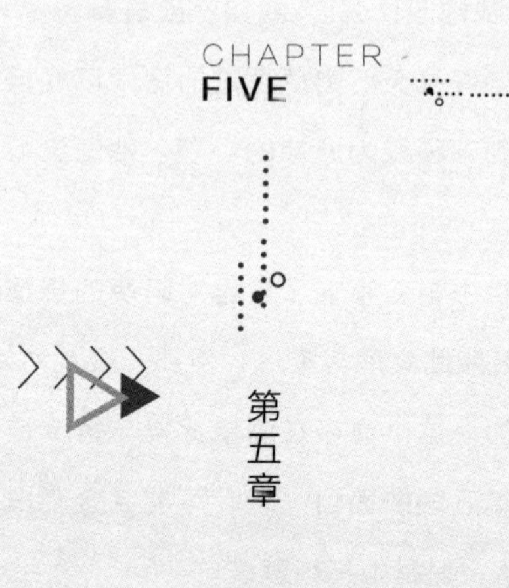

CHAPTER FIVE

第五章 云霄飞车

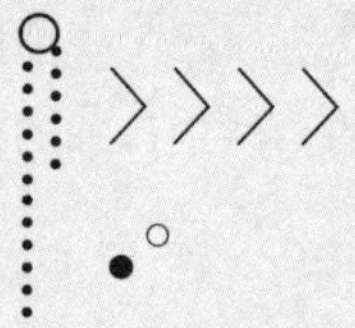

I

谁也没想到，仅仅分别了一个暑假，再见到程梁时，他已经从一个邋里邋遢的“穷矮矬”，摇身变成了衣着得体而时髦的“高富帅”。除了一身名贵的装备，程梁本身也发生了不小的变化。他比之前瘦了一圈，头上留着油光闪闪的精致发型。

我本以为刚开学，大家兜里钱比平时多点很正常，但据我长达一个礼拜的观察，发现事情并不简单。程梁把他每顿叫外卖的标准从过去的八块上升到了十五块，而且经常搭配饮料。不仅如此，他以前都是抽七块钱的烟，现在是十四块的烟，而且都是成条地买。我不禁开始怀疑他假期是不是偷偷跑去夜场做事。

到了第二个礼拜，程梁的日常消费标准有增无减，甚至开始抽更贵的烟。我实在没忍住，向他提出我的猜测。

“程梁，你假期干什么去了？”我问。

“做生意去了！”程梁说。

“这么厉害，那上学期你欠我的钱能还我吗？”我问。

程梁掏出腋下的手包说：“哎，瞧你那点儿出息。”说罢他从厚厚一沓钞票中拽出几张给我。

“老板，还有我的两百。”李想笑道。

“给给给！”程梁又拽出两张。

“老板，我的呢？”大鹏问。

程梁从兜里掏出来二十给了他。

“还有谁？没了吧？没了我们喝酒去！”程梁大手一挥。

在过去一年，程梁从没主动买过单，但是今天他居然主动要求请客，我甚至开始怀疑自己的耳朵。谁能想到，程梁这条咸鱼，翻个身就不再是咸鱼了呢？

程梁的的确确没有去夜场做事，他的手包里至少装着三万现金，就算去夜场他一假期也赚不到这么多钱。

以前我们去北门外下馆子都是走着去的，但今天不一样，今天我们要打的。

程梁不光叫了我们这些室友，还喊来了班里的何颜、王欣和江圆圆。岳桐借口说开学期间生意太好，没有来。程梁对他的缺席嗤之以鼻。

女生们注意到了程梁发生的显著变化，饭前不停打听程梁假期到底做的什么生意。

程梁多次摆摆手，一副很谦虚的样子，表示小生意不值一提。可是她们并不罢休，非得问出个所以然。程梁见关子卖得差不多了，和我们交代说，他假期里跟几个朋友去了鄂尔多斯做药材生意。

“什么药啊？”江圆圆刨根问底。

“没病吃了强身健体，有病吃了包治百病的药，是传了十几代的古方子配制的，什么头疼脑热、跑肚拉稀啊，来一粒，立马见效。”程梁回答道。

“这才一个暑假，看你像变了个人似的，卖药这么赚钱吗？”何颜问。

“有的药确实暴利。我有个小学同学，他家原来可穷了，后来他爸爸当了医药代表，现在家里资产千万，直接送他去英国读大学了。”江圆圆如是说。

程梁接过话茬继续吹嘘：“鄂尔多斯可是个黄金宝地，资产千万根本不算什么……。”

“但是人家没病买你的药干吗？”我问。

“你是不知道，这人一旦有钱啊，就开始怕死了，尤其那些个想长生不老的，药刚买到手，抓起一把就往嘴里塞啊。”程梁夸张地说着。

“有这么好的生意，你还回来干吗？”我问。

“钱什么时候都能赚，我还得好好享受我的大学生活呢。”

程梁转过头看着身边的李想接着说：“今年寒假你要是不急着回家，也跟我去一趟，瞅你假期晒的，像被抓去了黑煤窑一样。”

李想傻呵呵地笑着。

程梁绘声绘色地跟我们描述了他在鄂尔多斯时奢华无比的生活。他口中的鄂尔多斯犹如当年马可波罗眼里的元大都一般，引得大家赞叹不已。

吃完饭后，程梁借着兴致邀请女生们一起去宿舍玩，何颜代表她的室友们欣然接受了邀请。

我们舍管是个可爱的阿姨，听说她的儿子和我们一般年纪，所以她对我们一直很纵容。只要不惹出太大的麻烦，她基本不会过问我们的闲事。在我们楼从来不存在过了时间进不来寝室的情况，大门的钥匙始终放在她的小窗口，要进要出，自己开门就好。只要是在白天，女生进我们宿舍时，她从来都不会拦着，如果是晚上，她会假装没看见。所以经常有女生闲庭信步般在我们楼里晃，导致我们出去撒尿的时候都不好意思只穿着裤衩。

我们热火朝天地玩着，大鹏出去打电话去了。

程梁见大鹏出了门，跟我们分享了一个惊人的发现。

“小岛、李想，你俩有没有发现，鹏哥现在有点不正常？”程梁神秘地说。

“哪里不正常？”我问道。我的心思从来没往大鹏身上放过，因为我感觉每注视他一分钟，世界就失去了六十秒的快乐。

“好像是有点不正常，他现在一天天的，电话可多了。隔几分钟就要打一个电话，嗯哼啊哈的，也不知道跟谁在说啥。”李想说。

“对啊，我严重怀疑他是在装作打电话，我看到他的诺基亚屏幕都是黑的。”程梁说。

“不会吧，他装打电话干吗呀？”何颜对这个话题产生了好奇。

“不知道啊！最可怕的是，鹏哥经常一边看着我，一边打电话，给我吓得汗毛都炸起来了。”程梁说。

“不光是这样。你有没有发现我们鹏哥最近变得很忧郁？他每天坐在床上看着窗外唉声叹气，饮料一桶一桶地喝。你看看他的床上。”李想说。

我走到大鹏床边看了眼，一升装的饮料，空瓶子有七八个，贴着墙边摆了一溜儿。

“我的天啊，鹏哥这是咋了？”我笑道。

江圆圆开门往走廊探了个头，小声跟我们说：“他现在还在打呢。”

“试试真的假的。”

我掏出手机，准备拨大鹏的号码。他们停止了手里的事情，全都聚到了门边。我按出了通话键，两秒之后，电话通了，大鹏的手机铃声在走廊回荡起来。

大鹏看着手机上的来电，十分惊讶地说了一句：“我去。”

我们关上门，一起在宿舍里狂笑不止。

2

岳桐所在小区的对街，一个商业中心拔地而起。暑假里我并没有注意到这件事，因为沈阳到处都在搞建设，处于施工中的建筑随处可见，没人会去好奇里面盖的是什么。商业中心的二楼开了一个酒吧，里面场子很大，环境设施都属一流，宣传单派发到了学校所有宿舍里。程梁拿着这张传单若有所思，他兜里的钞票感受到了时代的召唤。

膨胀的经济实力与恰到好处的吹嘘技巧使程梁在酒吧里结交了许多新朋友，其中不乏官商子弟。在与这些新朋友相处的过程中，他积极展现了他与生俱来的“人格魅力”，没过多久便跻身于沈北“校园名士”的行列，受到很多人的追捧。忘了从哪天开始，程梁几乎每天傍晚都会接到各种各样的邀约电话。最忙的时候，他一晚上能换三四个场子。他一边吐槽朋友太多，一边乐此不疲。

程梁去参加这些约会时，从来没有邀请过我们，一方面原因是他可能对自己的出身和历史进行了包装，不想被揭穿。另一方面原因显而易见，这些场所我们确实消费不起。我们对此并没有任何看法，相反，我们也喜欢看到程梁现在的样子，他变得乐观、积极、充满活力，这些正面情绪对我们起到了一定的带动作用。最重要的是，寝室里恢复了难得的平静，半夜不再有人玩麻将、电子游戏和三国杀。除了程梁，大家都开始早睡早起，按时上课，日子过得越来越像个学生。

我们积极上课的事，受到了江圆圆同学的赞赏，她终于不再感觉自己念了个女子学校，并且鼓励我们坚持下去，还说什么“人丑就要多读书”。经历过阿萨之后，我对江圆圆的审美恢复了客观的认识，不再对她有起初的幻想。正如我曾向往家门口的湖泊，而当我见过大海以后，回来才发现，眼前的湖泊不过是个黯然失色的水泡子。

虽然时常想起阿萨，但我都忍住了想要联系她的冲动。我可能已经成为她人生中不愿提起的一个插曲，在她走出出租房的那一刻起，我就被选择性地遗忘了。我不想去给她添什么麻烦，也许这样，她还会再次出现。等到那时，我可以装作很平静地说：“好久不见，近来好吗？”

在大多数寂寞的时候，我选择将我的寂寞写进小说，小说里莺莺燕燕，风花雪月，足以将我的精神世界填个半满。偶尔我也会有寂寞难当的时候，但身边的女生没有一个能像阿萨那样深深打动我。与她分别越久，她在我心里就越完美，搞得我看山不是山，看海不是海。

说起这方面，我实在是羡慕程梁。程梁成为社交达人以后认识了许多仰慕他的女孩子，曾听他自述同时在跟好几个女生交往，而且在她们当中自如切换，游刃有余。他与一个在他手机里备注为可乐的女生来往最为频繁。刚开始的时候程梁跟她温声细语的，没一个礼拜，再接到她的电话时，程梁总是一副不耐烦的样子，电话超不过一分钟就会挂掉。

我曾向程梁打听可乐是谁，当时他专注于游戏，没空理会我的问题，或者是他不想回答，我也就没再问。后来，经过分析我所了解到的多方信息，我在脑海里还原了程梁和可乐的相识。

那晚程梁独自来到了刚开业的酒吧，由于时间尚早，夜生活的大潮还没能把爱玩的人们推送过来。程梁找了一个雅座入座，品味着酒吧里的装修。不论是灯光、音响、格局，还是酒吧里的摆设，一切的一切都很符合他想要的情调。酒吧服务员很快递来菜单，对眼前这个风度翩翩的男青年热情贩卖着笑容。

酒吧开在了大学城附近，其目标客户很明显。面对学生们开放的场所自然不能太贵，程梁看着酒单，对比着之前在鄂尔多斯消费的价格，面露微笑。

“一瓶格兰菲迪 12 年，一桶冰块，谢谢。”

程梁在接过菜单的十几秒内做出了选择，其实这个时间还应再短一点，方能显示出他经常出入酒吧这种高消费场所，对于酒的选择长期忠于个人品位，而且根本不在乎价格。

“好的，先生。另外想跟您介绍一下我们酒吧目前的优惠活动，我们店刚开业，优惠力度很大，您想了解一下吗？”

“你先去把酒拿过来吧，谢谢。”

程梁优雅的谈吐再次表现出来他的态度，享受才是第一位的，什么优不优惠，他并不是很有兴趣。

很快，服务员小姐将托盘端到程梁面前，与他确认了一下是否是他想要的酒，在经程梁同意后，女孩开了酒，毕恭毕敬地为程梁倒满了一杯。

程梁笑了，依然保持着优雅。

“美女，你是刚在酒吧工作吧？”

“是的，先生，请问我是不是哪里做得不对？”女孩的神情变得很紧张。

“没有没有，别紧张，你再去给我拿个杯子吧。”

女孩很快跑回来，递给程梁一个空杯子，程梁接过酒杯，投入了一颗冰块，开始慢慢地倒酒。

“在国外，服务生在给客人倒酒的时候，不会以整杯的量来倒。他们讲的词是‘standard（标准）’，‘one standard drink’就是他们眼中标准的一杯。那么‘one standard’到底是多少呢？不同酒精度的酒，有不同的‘standard’，对于威士忌来说，喏，你看，就是这么多了。”

程梁举起了手里的杯子，里面的酒大概有四分之一的样子。

“实在不好意思，先生，我刚做服务员，什么都不懂。”女孩抱歉地说。

“没关系，这杯酒就放在这里，当在醒酒好了。如果你有兴趣可以坐下来，我可以跟你多聊一聊。”程梁用笑容安慰着女孩。

“好啊，先生。”女孩坐了下来。

“我们说的洋酒，最开始只是一个统称，表示所有的进口酒。后来，经过洋酒市场的发展，渐渐地，我们将那些浓度较高的进口酒称为洋酒。它包含伏特加、威士忌、金酒、白兰地、朗姆酒、利口酒，等等。不同的洋酒有着不同的特点，这也决定了它们有着不同的饮用方式。打个比方说，我们喝红酒，为什么要用高脚杯呢？”

“不知道。”服务员摇摇头，她此刻已经被程梁“渊博的学识”所吸引。

“因为大肚浑圆的容器让红酒处于半封闭的状态，我们在摇杯的时候，香气得以慢慢散发开来。另外，它的高脚设计，是为了避免手的温度改变它的口感，对于红酒来说，最佳的饮用温度是室温。”

“先生，您懂的实在太多了。”女孩赞叹不已。

“威士忌还有区别于红酒的地方就是它们的生命周期。当红酒被罐装以后，它的生命仍然在瓶中持续升华，就像白酒一样，存放的年头越久则越香。而单一麦芽的威士忌在罐装以后，它的生命永远定格在了被封瓶的那一刻，不会因为时间的推移而改变。我个人喜欢在喝威士忌的时候加一个冰块，目的是唤醒它的灵魂，让它的生命再一次绽放。加两块不行，会大大影响口感。”

“天呐，我从来没想过酒里面还有这么深的学问。”女孩的眼里满是崇拜。

“酒的学问深得很，我一直给你讲到天亮也说不完。但是大部分人并没有那么讲究，也不愿意花时间去了解。”程梁谦虚道。

“请问您是做酒的生意吗？”

“不是，我以前做药品生意，现在只是个学生。”

“哈哈，那完全不挨着啊。不过从您这么愿意花心思了解酒来看，我猜您的药品生意肯定做得特别好。”

“不敢当，不敢当，讨口饭吃而已。”

“您太谦虚了！先生您以后一定要常来啊，我想多跟您学习学习。”

“你这个小姑娘虽然不懂酒，但还蛮会做生意的，又想骗我办会员是吗？”

“没有，先生，您办不办都无所谓，您来了我可以请您喝啤酒，洋酒太贵了，我请不起。”

女孩的真诚打动了程梁。

“如果我办卡的话你会有提成吗？”

“会有。”

“好，那我办一个。”

程梁这招实在是高，就算美女不给他推荐，那晚他肯定也会办卡的。但上述对话的来往使他既把排面摆了，又把美女的芳心俘获了。女孩看着程梁，内心的小鹿直往南墙上撞。

这个女孩就是可乐。通过可乐，程梁认识了所有在酒吧里工作的人，这为他以后结识更多的人奠定了良好的基础。

从此，程梁成了酒吧的常客，同时也成了可乐每天晚上去上班的动力。她已经彻底被这个男人迷住了，即使在为别人点单倒酒的时候，她的眼睛也从没离开过程梁。只要一闲下来，她就会坐到程梁身边和他聊一聊天。

程梁不傻，他感受得到可乐对他的好感，本来他也是奔着泡妹子的目的才去的酒吧，只是可乐并不属于程梁的目标范畴。程梁想要的是那些经常出入酒吧夜店的女生，因为这类女生往往都身姿曼妙，衣着性感，妖娆妩媚，热情奔放。她们身上仿佛散发着大海的味道，光是闻一闻，便可以无限接近程梁的幻想。对于可乐的接近，程梁既不主动，也不拒绝，在锁定目标之前，他一直与可乐保持着一丝若即若离的暧昧，可进可退，攻守兼备。

可是，独自在酒吧里，想要撩妹子并不是一件容易的事。绝大多数妹子们在泡吧的时候都是跟朋友们一起去的，即使你遇到了只有两三个女生的闺蜜局，搭讪成功的几率也比较渺茫。

在这方面，程梁还是很有心得的。虽然认识女生不容易，但认识男生对程梁来讲肯定是不在话下。他主动去结交了几个看上去比较帅的公子哥，邀请他们一起入座，请上几瓶啤酒，组了一个小规模的罗汉局。即使这几个公子哥后来没有喊来他们的女生朋友也没关系，他们仅是坐在这里就已经帮助程梁获得了更高的成功率，程梁只要耐心等待，在闺蜜局出现的时候，及时出手。

俗话说得好："一分耕耘，一分收获。"三天下来，程梁认识了七八个罗汉，他不禁开始反思这个套路到底是哪里出了问题。正当百思不得其解的程梁准备放弃泡妹的想法时，这些罗汉们，开始陆陆续续地邀请他去参加各种各样的活动。通过各种各样的活动，程梁认识了更多的罗汉，但同时，他也如愿以偿地认识了很多妹子。就这样，程梁终于迎来了一个"伟大的春天"。他在这个春天里尽情品尝着大海的味道，仿佛像是知道，这是他整个青春时代，唯一的一个春天。

3

在程梁春风得意的这段时间，大鹏的问题日益严重起来。在不打电话的时候他开始变得沉默寡言，仿佛那几通虚假的电话已经耗尽了他全部的力气。我们曾多次向他询问他的心事，但他只是静静地坐在床边，忧郁地提起饮料，默默望向窗外灰蒙蒙的天空。我们渐渐习惯了他现在的状态。

直到有一天，大鹏做出了一件让人匪夷所思的事。

那天下午程梁也在，他刚刚睡醒，去厕所撒尿回来，站在我身边看我玩游戏。那一关我已经打了一天，始终没什么进展，差点气急败坏地把程梁的键盘敲烂。在程梁的指导下，我终于打过了关底，转身与程梁击掌庆祝。但是，就在那回首一瞥中，我看到了极为辣眼睛的一幕：大鹏正朝向我们站在地上，右手飞快地在裤裆倒腾着。

“我天！大鹏！”程梁惊叫道，没等他把话说完，大鹏已经麻利地提上运动裤，像个没事人一样，慢慢走出了宿舍。

“他竟然当着我们的面做这事儿！”程梁下巴快掉到了地上。

“我也是第一次亲眼见到！”我仍处在一种极为震惊的状态里。

“他是疯了吗？！”程梁歇斯底里地说。

“疯了，我看是真疯了。”我说。

程梁颤抖着，在屋子里来回踱步。他嘴里不停念叨着，“疯了疯了，大鹏疯了”。我一把拉住他，让他别转了。

“他总看着我打电话已经够吓人了，现在居然！我们赶紧报告老师吧，太吓人了！”程梁转换成了哭腔。

“别，我们还是拯救一下他吧，实在不行再说。”我说。

“把李想和岳桐都喊回来吧，这事得好好商量一下。”程梁说。

岳桐和李想在挂掉电话的二十分钟内都赶了回来，我们在食堂一楼碰头，找个座位坐了下来，一同商议如何拯救大鹏的精神问题。经过我们长达半个小时的讨论，我们产生了两种观点。

李想主张就当这事没发生过，观察一段时间再决定。程梁不同意，他认为大鹏现在已经发病，如果不尽快采取行动，很可能会做出更恶劣的事情。我偏向于程梁的观点，主张以谈心的方式，彻底了解问题的根源。岳桐认真听取了我们的意见，根据我们所描述的大鹏近来的状况，仔细分析了大鹏的问题。

岳桐说他最近刚好读过一本关于精神疾病的书，他认为大鹏目前的状态还不能被界定为精神病，往严重了说，最多也就是有了精神病的先兆，他的问题属于心理疾病的范畴。但不管怎么样，现在都是一个进行干预的最佳时期，我们应该有所行动。

岳桐胡乱地分析：“大鹏现在每天喝那么多饮料实际上是一种嗜糖的表现，这很可能源于他心理机能和身体机能受损。适当地摄入糖会给人带来愉悦的感觉，正因为大鹏现在心里压抑，所以他才迫切需要得到改善。但摄入糖过多的话会加重五脏六腑的负担，使他的健康状况进一步恶化，从而加重他心里的抑郁，这是一个恶性循环。另外，大量地喝茶使他的大脑长期处于亢奋的状态，他当着我们的面自渎很可能是因为神志不清。”

“那假装打电话怎么解释？”程梁问。

“从心理学的角度分析，我觉得他是在博取关注，或者是不知道如何表达自己的情绪，想通过这个方式宣泄，跟他嗜糖啊、自渎啊是一个道理。”岳桐说。

“也不知道大鹏到底遇到什么事了，这么需要发泄。”李想说。

“可能有具体的某件事，也可能没有具体的事，总之有一件事可以肯定，他现在很压抑，很需要宣泄。”

岳桐总结了他的几点建议：第一，大鹏要戒糖，饮料不能这么喝下去了；第二，大家要积极开展关爱大鹏的活动，多跟他沟通沟通，对他进行心理疏导；第三，这个第三嘛，给他介绍女朋友是不可能的事了。

接下来，我们陷入了讨论大鹏性压抑的话题中，一直到了下课时间，食堂里突然涌入了很多人。我们起身去打包了饭菜，路过超市时，程梁进去买了一箱酒。岳桐去了南区的小饭馆，说要给我们加两个硬菜。

回到宿舍，程梁招呼大鹏过来一起吃，大鹏愣了一下没有回答，程梁让他别在那装傻充愣了，赶紧过来。

“我还以为你们干吗去了。”大鹏拽了把椅子在桌边坐下，嘴里嘟囔着。

没过一会儿，岳桐拎着满满两塑料袋的打包盒进了屋。他已经有个小半年没回来住过了，大鹏看到他有点喜出望外。

“咦，你咋回来了？”大鹏问。

“我想你了，回来看看你，听说你最近有点儿忧郁啊，鹏哥。”

“我没有，别听他们瞎说。今天是什么日子啊？买这么多菜。”

“今天还真是个好日子，先吃，等会儿说。”

我们把酒菜摆好，程梁打开音响放着音乐，大家举起手中的瓶子结结实实地撞在一起。这一刻我特别高兴，因为我们已经很久没有像今天这样，全员在寝室里热热闹闹地吃东西了。

那天晚上我想问大鹏他到底发生了什么事，可程梁把我拦住了。

大鹏还在纠结岳桐进门时的那个问题，问他今天到底是什么日子。岳桐笑着告诉我们，今天是他的农历生日。得知这个消息后，我们一起祝他生日快乐。

那天晚上，等我醒过来的时候饭局已经散场了。月光透过窗户照进了屋里，在隐约的光亮中，我看到了桌上的残羹剩饭和满地的空瓶子。我想翻出我的手机，但是枕头下、被窝里都没有找见。我只好借着月光从上铺爬了下来，下床以后我发现大鹏不在，程梁也不在，李想的被子在黑暗中蜷成一条，我以为他在睡觉，走近了才发现，他也不在。寝室里只有我一个人。我开了灯，找到了我的手机，点开屏幕，时间显示晚上九点。

我给李想打了电话，李想的手机铃声在他被窝中响起。没过一会儿他就回来了，原来他只是出去小便。

“你醒啦。”李想说。

“他们干吗去了？”我问。

李想摆出一脸诡异的样子说：“你猜。”

我思索了半天，得到的答案让我不寒而栗。

从那晚起，大鹏恢复了从前的开朗。

有一天，大鹏告诉我，他爸妈在暑假时离婚了，现在他每个月可以拿到两份生活费。

我顿时明白了他之前为何那么消沉，如今看来，他已经成功摆脱了这件事对他的困扰，甚至乐观地，从中找到了别样的快乐。

4

程梁再次陷入了经济危机，上次他钱快花光的时候幸运地东山再起，但这次就没那么走运了。那天大清早，他穿过清晨微凉的薄雾，把兜里最后几块钱全都买了包子，一边走一边往嘴里塞。到了宿舍，睡意与饱腹感同时到来，他一头栽到被窝里，昏沉地睡了过去。

看着他熟睡时的模样，我想，我与程梁最大的区别在于，我没有办法做到像他那样完完全全地活在当下。打个比方说，假如我和程梁各自被困在孤岛上，所有的食物只够正常吃三天，我会选择每天少吃点努力存活一个礼拜，而程梁会在一天内吃完所有的食物，然后欣然饿死。他是一个从来不为明天而活的人，每一个崭新的一天，都仿佛是他生命的最后一天。在这一天里，他会毫无顾虑地用一切去兑换最大化的快乐。当这一天在他的疲惫不堪中结束时，他会心甘情愿地告别黑夜，就像已经做好一觉睡死的打算。鉴于程梁这个性格，我曾断言他会穷困潦倒到40岁，然后他就习惯了。

在程梁恢复贫穷以后，原来他认识的那些公子哥和姑娘们也不再联系他了，程梁的一切活动戛然而止，连一点缓冲的过程都没有。正当我以为他此生注定孤独终老的时候，有一个女孩，因为爱慕程梁的才华，在万籁寂静中挺身而出，短暂地照亮了程梁暗淡的世界。这个人，还是可乐。在程梁销声匿迹后，她三番五次地给程梁打电话约他去家里做客。再后来，也不知道俩人怎么聊的，可乐成了程梁的保姆，时常给他洗衣做饭。

可惜我从始至终都没有见过可乐，程梁也从未在我们面前承认过他和可乐有过正式的交往。在一段时间内，程梁经常拎着一兜脏衣服外出过夜，隔天再拎着一兜干净的回来。每次我们问他去哪儿了，他都是嗯哼啊哈地把话题扯到别的地方去。综合分析，我觉得程梁并不喜欢可乐，或者是可乐还达不到程梁心中女朋友的标准，可能在程梁眼里，她只是个乡下来的打工妹，除了长得漂亮点，一没学历二没出身，无法契合程梁精神需求的高度。程梁不愿意承认与可乐的关系，就像不愿意面对自己的羞耻。这样的感情终究无法长远，没过多久，程梁便决定不再违背良心继续在可乐那骗吃骗睡，再也没有去过可乐的住处。但是程梁和可乐的故事并没有就这样结束。

一直以来，东北地区打黑除恶的工作已经数不清开展了多少次，但直到2010年，社会上仍然苟延残喘着一些以敲诈勒索为生的流氓团伙。在我们学校所处的地界，流窜着一拨以“华哥”为首的流氓，不管是摆地摊的还是饭店旅馆，很多小商户都受到了他们的敲诈。可能他们索要的保护费并没有多少，许多人都不选择报警，慢慢助长了这群人的嚣张气焰。

酒吧生意红火以后，流氓头子华哥便打起了它的主意。第一天，他带着一群小弟到酒吧里混吃混喝，等到该结账的时候喊了一句记账，拍拍屁股直接走人了。酒吧老板没有拦着他们，反正给他们喝的都是假酒，只要这群流氓不搞事情，这点小钱他认亏了。没想到，这群人第二天晚上又来了。酒吧老板还是本着多一事不如少一事的心态，给他们上了假酒招待着。

可这些大哥们显然对此还不够满意，他们开始对酒吧里的服务员动手动脚。老板看情况不对，连忙又带上一瓶洋酒前去赔着笑脸。

华哥并没有邀请老板入座，他斜眼瞧着酒吧老板问道："老板，你这么大个店怎么连个保安都没有啊？"

老板尴尬地站在一旁，点头哈腰地说："我这只是小酒吧，请不起啊。"

华哥说："倒也是哈，你看，一个保安一个月至少得给三千块钱吧，你这店也不小啦，咋也得雇四个吧，不然场面都撑不起来。可四个保安，那一个月就是一万二啦，嗯，不划算。"

老板很聪明，从这个华哥张嘴问保安的事开始，他就知道了这群人的真正来意，现在他帮自己计算着雇保安的开销，实际上也是给老板报了个价格的上限。他只能顺着话题往下聊，试探出他们确切的心里价位。

"对啊，大哥，确实雇不起，您看我这儿大多都是学生顾客，虽然从他们身上也挣不了几个钱，倒也省心，一般没人闹事，真的用不着。"

"哎，这做生意嘛，眼光还是要放长远的，你能保证每天来的都是学生吗？保证不了吧！再说，这学生们，年纪轻轻、血气方刚的，闹起事来更凶，你说这砸坏个桌子椅子啥的，都是小事，这要是出了人命，可耽误老板你发财啊！”

华哥此番恐吓着实让老板背后出了把冷汗，他决定暂时退出这场周旋，仔细思考一下对策。

“大哥说得确实很有道理，我会考虑这件事的，这瓶酒是我送给各位兄弟的，大家慢慢喝着，不够的话我再给大家上。”

大约一个小时后，这群流氓见老板还没有考虑清楚，假酒上头，开始有点不耐烦，故意摔碎了一个酒瓶，喊服务员来打扫。可乐过去打扫时被华哥一把拽到怀里。

“老妹儿，刚才哥喊你过来一起喝酒，你忽悠哥说你忙，让哥等会儿，这都等了多久了，咋，不给哥面子啊？”华哥说。

可乐从他手臂中挣扎了出来，硬生生地挤出笑脸说：“没有哥，哪儿能不给大哥面子，你看我刚才确实没闲着，我现在跟哥喝成不？”

“你说喝我就陪你喝啊？”华流氓面无表情地看着可乐。

“我喝，我自己喝，来晚了，我自罚一杯您看行吗？不，我罚两杯。”

此刻可乐心里害怕极了，她瞟了一眼吧台，老板躲在吧台后面，假装没看到这一幕。这时另外一个女服务员，可乐的同居室友莉莉，赶紧打电话给程梁，把可乐正在被欺负的事告诉了他，让他想想办法。在简短地说完情况以后，她挂了电话，加入了这群流氓的卡座。

“大哥们，我也过来陪你们喝，我这妹妹不咋会喝酒，我代她敬你们一杯。出来玩嘛，大哥们别这么不高兴。”

接到电话后的程梁，在几分钟内构思了许多事。虽然他对可乐已经进入无情的阶段，但是内心的江湖义气告诉他绝不能对此置之不理。可是他能怎么办？他只是一个在异乡求学的学生，从没有在这片土地上与任何不良势力做过斗争，在那几分钟之内，他想的全都是最坏的打算。

程梁没有叫任何人，他只说自己有点事，只身外出，打车去了酒吧。进了酒吧，他迅速找了一个昏暗的角落坐下。可乐和她的同居室友莉莉正被人左拥右抱地推杯换盏，没有注意到程梁的到来。

程梁点了几瓶啤酒，默默忍着怒火，冷静地观察着。

莉莉把那桌流氓的气氛调动得很好，大家划拳喝酒，很多人渐渐喝醉了，还有两三个不胜酒力的，仰在了沙发上。程梁评估着当前的情况，耐心等待一个时机。

可乐的酒量确实很差，她几度昏睡过去，都被人拍醒，让她继续喝。流氓头子华哥见她已经木讷不堪，直接把手伸进了她的领口。程梁紧紧攥着手里的酒瓶，又慢慢松开，眼下的时机依然不够成熟。

时间开始渐渐变得漫长，从这一分钟到下一分钟，经历了比平常更多倍的心跳和呼吸。程梁一根接一根地点着烟，眼前的烟灰缸已经塞满了他掐灭的烟头，而时间仿佛像是伏尔加河上的货船，在一群瘦骨嶙峋的纤夫身后，佝偻错顿地前行着。

就在程梁如坐针毡的时刻，烂醉如泥的可乐突然坐起，用手狠狠捂住嘴巴，起身跑向了卫生间。莉莉见状放下手中的酒杯，借口去看她一下，紧跟着可乐去了卫生间。程梁再次迅速评估了一次那桌人的状态，四个醉仰，三个离席去撒尿，两个勾肩搭背、神志不清地互诉衷肠，剩一个稍微清醒点的，正从烟盒里掏着烟，像是在准备给华哥点上。程梁终于等到了这个时机！

程梁拎起两个啤酒瓶背在身后，大步流星地朝那桌流氓走过去，从他的位置走到华哥的身后正好七步，这七步的位移带起了疾风，掠夺了一颗从程梁脸上滑落的汗珠。在他右手的酒瓶抡起的瞬间，给华哥点烟的火焰刚刚从打火机中喷出，华哥还来不及深吸这口气，无数玻璃碴子伴随着“啪”的一声脆响在他脑袋瓜上绽放。给华哥点烟的兄弟下意识地闭上眼睛扭头回避迎面飞来的玻璃碴，没等他睁开眼睛，“啪”，又一声脆响绽放在了这位兄弟的脑袋上。

程梁松开手中残留的瓶颈奔向门外，在瓶颈落地之前，他两步迈了出去，当瓶颈带着碎屑弹起再次落地的时候，程梁已经夺门而出。等这些喝多的流氓们反应过来再一起追出去，程梁早已下楼，穿过了马路，飞奔去学校东区的墙头。一场追逐还没正式开始，程梁已经掩身于黑暗之中。

程梁就这样“成功撤退”了，在他奔向宿舍的路上，他的脑袋已经来不及思考身后的酒吧在余下黑夜中的混乱。

那一夜，华哥的脑袋开了花，他的小弟们气急败坏地砸烂了吧台。酒吧老板报了警，警察带走了这些流氓。

酒吧停业整顿了一个月，再开张的时候，门口站了两个保安。

莉莉和可乐都辞职了，没人清楚她们的去向。

我猜可乐曾试着联系过程梁，但是程梁已经换了号码，并且躲在宿舍两个多礼拜没有出门。一直到他认为风口浪尖过去之前，他连下楼拿个外卖都不敢。

对于程梁来说，这一学期的生活就像是云霄飞车一般，带他扶摇而上突破天际，又以闪电般的速度将他甩向遥远的地平线。

寒假前，程梁再次联系了上个暑假带他去鄂尔多斯做生意的朋友，他的朋友告诉他药厂已经被查封，最近几年，不要再去那个地方了。

我问程梁暑假时到底在鄂尔多斯卖的什么药，怎么药厂还能被查封。程梁没有回答，他慢悠悠地从手包的夹层里翻出一张自己卖药时所用的名片，我接过一看，名片的头衔长得不得了。

我惊讶地看着他说：“大哥，你够判刑了！”

CHAPTER SIX

第六章 野草文学社

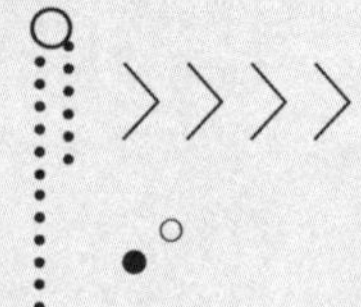

1

大二刚开学不久的某一天，对面寝室的王猛来找我，非要跟我探讨一下李想。我问李想有什么好讨论的，他说不是这个李想，是人生的理想，是抱负。我看着他蓬乱的头发、松垮露洞的内裤和脚上从学校澡堂子里顺出来的拖鞋，对他人生词典里还保存着“理想”一词感到由衷的欣慰。

王猛刚上大学那会儿还算得上是个积极上进的男青年，那时的他对自己未来四年的大学生活怀揣着无数的憧憬，总觉得自己将会经历一段精彩绝伦的大学生活，最终坐拥前程似锦的人生。带着这份憧憬，年轻的王猛几乎报名参选了学校里的所有社团，但在这个看脸的时代里，最后只有文学社收留了他，只因为当时的社长从他不标准的普通话里听出来他是自己的老乡。如今，几个学期过去，他的大学生活就如同他身上的内裤一般，被现实打磨抛光得松松垮垮、破旧不堪，穿着已经没什么感觉，脱了又觉得无所适从。但是到了这个学期，王猛的大学生活，总算可以有所作为。原来的文学社社长毕业，卸任之前，他不顾社团其他成员的反对，毅然决然地将文学社交给了王猛，该事件导致当时仅存的其他七名社团成员全部退出文学社。王猛光杆上任，独自扛起振兴文学社的大旗。

今晚，王猛从先秦文学讲到了安史之乱，之后又讲起《三国演义》和《水浒传》，然后他还跟我讲巴金，讲金庸，讲贾平凹、路遥、王朔，最后说到郭敬明的时候，他大声感慨！

我一直云里雾里地听他把牛吹完，最后才问他跟我说这些到底是为什么。王猛撸起了袖子，猛烈抨击着物欲横流的社会，大骂网络媒体的弊端，痛批现在的教育方式，搞得我更像个丈二和尚。我赶紧让他打住，表示自己对当今的社会、网络发展和教育方式等一点意见都没有。我回答说文学总归会后继有人，你就不要杞人忧天了。王猛说我一点时代责任感都没有，没有办法再跟我聊下去，只好直入主题，请我做文学社的副社长，要我明天陪他去时代广场摆地摊纳新人。最后我在他的游说下答应了他的请求，并不是因为我对文学有多么崇高的责任感，而是同情他明天要作为光杆司令去纳新。

王猛上任后，给文学社起了一个新名字，叫“野草文学社”，当时他拿来了许多备选方案，比如“起飞”“翱翔”“启航”之类俗套的名字，我从众多方案里建议他选“野草”。他点点头，说他自己也比较中意这个名字，“野火烧不尽，春风吹又生”，学校的文学之草，即将在他的带领下郁郁青青。

纳新当日，野草文学社的招牌被安排到了最犄角旮旯的地方，实际上也没有什么招牌，王猛昨晚即兴泼墨写下了这五个字，找来砖头压在了一张简陋的书桌上，我和王猛坐在太阳下面，像极了两个测字算命的江湖骗子。

其他社团的纳新活动进行得热火朝天，人气最高的是街舞社团，他们在人群中放着吵闹的音乐，跳着激烈的舞蹈，吸引了许多人前去围观。动漫社那边人也不少，社团成员 COS 着各种动漫人物，招引单纯的新生们过去合影。旗鼓相当的还有轮滑社团、双节棍社团、B-BOX 社团，听说他们都在一个中午之内纳满了名额，只有我们文学社和棋牌社的招牌前门可罗雀，但好歹社团联合会给棋牌社发了个遮阳篷，他们优哉游哉地看着我和王猛，时不时扇扇手里的扇子，喝一口桌上的茶水，一副一切随缘的样子。

到了第二天，别的社团全都纳新结束，只剩文学社的招牌孤零零地坐落在时代广场的西侧，依然没有遮阳篷。听说纳新结束后还要把篷子拆了给社团联合会还回去，我实在懒得跑这趟。好在今天没有街舞协会他们在旁边又闹又跳的，不少人在路过我们桌前时顺手抽走了报名表。

“你看吧，只有当没有娱乐‘作祟’时，人们才愿意静下来去看看书、学学习，报名参加文学社。”王猛说。

“猛哥我也挺佩服你，总是能够找到批判的角度看待世界。”

“我批判不是因为我悲观，是因为我对这个世界有更好的期待，并且我想改变它。”

“你改变不了，人天生就是爱娱乐的，你别忘了古人最开始编诗歌时，就是为了娱乐。因为娱乐，才有的文学，才有的艺术。如今你反过来将青年文学的萧条怪罪到娱乐上，实在是不讲道理。”

“你别断章取义，我批判的是过度娱乐。”

我知道王猛在想什么，他完全不同意我的看法，他只是懒得跟我继续争辩下去，可能是觉得我的精神高度不处于他的层次，抑或者，我在他眼里，是一头已经被驯服的象，与绝大多数人一样，满足并愉快地佩戴着各种生活的枷锁而不自知，再也无法被拯救。

两个中午下来，野草文学社一共发出去两百多份报名表，只收回来17份，其中有人听说还要收50块的会费，当场就要撕了报名表。最后王猛卸下了“文人的傲骨”，自掏腰包，好说歹说地，挽留了十二个人。

纳新结束后，我陪王猛到学校团委的社团联合会交报名表和会费，负责收钱的同学看着我们手里的几百块钱，一副愁眉不展的样子。她拉开了一个抽屉，满抽屉的人民币映入眼帘。

“两位社长，你们看，这只是三个社团的纳新会费，我这还有两个抽屉，你们的会费真的太少了，连在社联里租个办公室都不够。”收费的同学说。

“同学，我们也尽力了，现在文学实在不景气啊，你看租个办公室要多少钱，不够我们再补。”王猛说。

“我很理解你，但这个我说了不算，按你们的情况，今年你们社团应该被注销的，你们找我领导说说吧。”

“好吧，你领导是谁啊？他在哪儿？”王猛问。

“你去找宁主席。”收费的同学指了指对面的办公室。

我随王猛来到对面的办公室，办公室里摆着七八个桌子，有十几个学生在里面忙着各种各样的事，我四处打量着哪个人是宁主席。王猛突然眼前一亮，奔着一个姑娘径直走了过去。

“嚯！我还以为宁主席是谁呢！”王猛一副很熟的样子，原来这个宁主席是王猛的同班同学。

“你不是在校学生会吗？咋跑来社联当主席了？”王猛问。

“团委说这边缺人，刚调过来的，副的，副的。”宁主席笑着说。

“我来介绍一下啊，这个是我们野草文学社的副社长，小岛，今年大二。”王猛说。

“幸会幸会。”我和宁主席握了握手。

“青年才俊，平时天天窝在宿舍里写小说，哎呀，小说写得可好了，我就给招过来做副社长了。”王猛说。

“拉倒吧，你又没看过。”我嘟囔着。

“说吧，找我啥事？”宁主席说。

王猛把文学社在纳新上的困难和宁主席说了一下，她听后表示会尽量帮忙去跟团委老师沟通一下这件事，让我们先回去等消息。

回去的路上，王猛春风得意，一点都不担心文学社的生死存亡。

“你就那么有信心？”我问。

“放心吧，我们不会被注销的。”王猛说。

“可我们只有十几个人啊，怎么开展活动？”

“十几个人够了，文学这个东西，不在量，在于质。”

“好吧，这个宁主席，是你班上的？”

“对啊，她以前是校学生会那边文艺部的部长，漂亮不？”

“还行吧。”

“呦，你这评价也太低了吧，这可是我们学院女神级别的人物。”

“我就是觉得还行而已啊。”

“得了吧，我瞅你看人家的眼神都不对。”

“哪里不对？”

“你自己知道，她男朋友是文学院的院学生会主席，高大帅气，你没机会的。”

“我也没想要这机会啊！”

“要也没有，我都没机会，哪儿轮得到你。”

“去你的，轮到大鹏也轮不到你。”

“呦，高、富、帅我怎么也占两样呢吧。”

“我还真没看出来。”

“你怎么能这么质疑你的社长？”

“我不干了，你自己当社长吧。”

“你看你，怎么开开玩笑就生气了。”

“她叫什么啊？”

“你不是不感兴趣吗，还问人家名字干吗？”

“你可真磨叽，我要退出文学社！”

“哈哈，别介，她叫宁小爱。”

我坐着王猛的摩托车，一路闲扯到了宿舍。骑到楼下的时候，宁小爱打来电话说我们的问题解决了，不过团委老师要看到我们社团这学期的成绩，如果表现不好，下学期还是要被注销掉。王猛在电话里感谢着他的同学，表态说请团委老师放心，文学社一定不负众望。

接下来的两天，我和王猛一起策划了文学社整个学期的活动安排，并以书面的形式上交到了社团联合会。我们的活动方案是面向校内所有学院征集文学作品，以校园文学报刊的形式每个月发表两次。社团内部每个礼拜在办公室举办一次读书会，每一个月出去采风一次。至于以上的活动经费，王猛拍着胸脯说全都包在他的身上，我夸他真的很有时代责任感与奉献精神。

“嗨，我老爸知道我把生活费花在这上面，他老人家会很高兴的。”王猛说。

“你爸是干吗的啊？”我问。

“说实话我也不清楚，我不关心这些事。”王猛说。

如果他不说，谁都无法从他的造型上看出来他是个富二代。他刚上大学的时候，他老爸给他钱让他去买辆车，他选来选去买了辆两万块的摩托车，结果某天在外面吃个饭的工夫就丢了。后来他买了辆很旧的二手本田，高高兴兴地开到了现在。

我原本以为王猛对搞文学社只是一时兴起，没想到他是认真的，才几天工夫他连印刷厂都联系好了，拉着社员们在放学路上发传单，面向全校学生征集文学作品。在陆陆续续收到投稿以后，他不舍昼夜地筛选，时不时地跑到我宿舍来让我赏析某篇文章，即使凌晨三点的时候也要把我从床上摇醒，兴奋地说他又收到了某个难得一见的好作品。我被他打扰得不胜其烦，对他说："反正都是你花钱，你觉得好就登报，不用问我的意见。"

没过多久，我们野草文学社的第一期报刊就问世了，报刊最显眼的位置是我在王猛的苦苦哀求下为文学社写的一首诗。

野 草

风雨雷电火，
一个热闹非凡的世界。
疼痛伴随新生，却无法与众不同。
仰望繁星，
生时暗淡，却死得璀璨。
而你，无言笑谈灌木与荆棘，
苦挨车轮与马蹄。
你，最终在动物的啮齿中毁灭，
在漫长的冬天中毁灭。
一个无法自救的你，不是一个你。

只有当千万个你，汇聚成你，

你，才是你。

——小岛

我们第一期的报刊一共免费发行了一千份，收到了非常好的效果，《野草文学报》一时间成为风靡全校的“厕所读物”。我在学校各个教学楼都发现了它的踪迹。校团委领导在召开社团会议时重点表扬了我们文学社，他鼓励我们继续努力，尽情彰显我们学校的文学风采。

“这怕是让我爸变卖家产也不够。”王猛小声在我耳边嘟囔着。

“看到你这么成功，你爸爸就算破产也会很高兴的。”我开玩笑说。

“你别说，他真的会愿意。”

“那就发啊，各个学校免费发。”

“感情不是你家破产。对了，明天我们社团读书会，社联主席他们要来参观，交给你了啊。”

“宁主席来吗？”

“你看我就知道你对她有意思，你还不承认。”

“你说啥呢，人家帮了我们大忙，还不得当面感谢一下啊。”

“不用你感谢，我都请她吃完饭了。”

“啊，什么时候的事？你怎么不叫我？”

“我难得有借口单独请她吃饭，为啥要叫你啊。”

“重色轻友。”

第二天，野草文学社第一次社员读书会在我的主持下召开，宁主席和另一位社联副主席到会莅临指导。王猛作为社长进行了简短的发言，他说了一些感谢校团委领导、社联主席们对我们社团的关爱之类的话。这一派官腔多多少少让我有些反感，但我也庆幸这些话不是由我来说。

因为知道宁小爱要前来听会，我昨夜翻来覆去地思索在读书会上与大家分享什么作品。我搜肠刮肚地想要通过什么来向她展示自己，我也不知道为什么要这么做，也许像王猛说的那样，我对她有好感，对此我并不能确定。总之，我希望在她眼里，自己是一个特别的人。我为自己有这样的想法而感到害臊，甚至，我觉得这样做有些对不起我日思夜想的阿萨。

在失眠了整夜之后，我决定在读书会上赏析一首戴望舒的《雨巷》。在这一整夜的胡思乱想中，宁小爱的形象已经取缔了我脑海中的阿萨，莫名地匹配上了这首耳熟能详的诗。尽管这首诗曾经出现在中学语文课本里，老是老了点，但它永远是勾勒在我少年时期最深邃的背影，藏着我心里最难以启齿的情怀。

于是，在读书会上，我闭上眼睛，深情演绎了这首诗。我幻想自己穿梭于江南巷子里沾满雨水的石板路上，追寻着宁小爱的背影。在她拂袖之处，万物无声细腻地生长，她像是轻盈地飘荡在潮湿的空气里，脚印化作春泥的芬芳。

我本以为这将是一场很动人的演绎，但在诗即将结尾时，我竟有些颤抖，突然走了音，一嗓子划过为我寂静的这一刻。我听到有人“噗”了一声，又很用力地憋了回去。在我朗诵完之后，社团成员们纷纷鼓掌，王猛凑到我耳边说：“你弄得我一身鸡皮疙瘩。”

我不敢去看宁小爱的表情，甚至在这狭小的空间里极力回避着她所在的方向。完了，我想，很可能这首肉麻的朗诵葬送了我在她心里的印象，让我成了一个笑话。我伸手揉搓着自己的脸，试着揉开冲积在脸上的血液，让我显得不那么丢脸。我开始后悔自己为什么脑子一热要朗诵这首诗，随便说说最近读过的小说不好吗？

2

上大学以来，王猛的个人形象伴随他对生活的期待指数历经了一场戏剧性的演化。他从刚入学时非主流的造型中逐渐褪去乡土气息，也短暂地尝试过阳光清爽的少年路线，但在对爱情与学业彻底死心后他逐渐心灰意冷，放任自流，任凭毛发胡须肆意生长，衣服褶皱发臭。直到他成为文学社社长之后，他从里到外再次焕然一新。现在他每天把自己打扮得像一个“文艺大师”，不知从哪儿淘来了几身素衣，脖子和手腕上挂满了菩提和胡桃。连他走路的姿态、与人对话的神情，都开始变得儒雅，仿佛尝尽红尘，看破功名。

按说如果文学社能够为他带来如此大的改变，他早该用上了这番造型。后来我才知道，在过去的两年中，文学社完全是一潭死水，形同虚设。老社长临退前不顾反对把文学社交给王猛，其实是以为文学社可以顺理成章地毁在王猛手上，从而让自己逃脱不作为的骂名。没想到，王猛愣是把一潭死水搅和活了。现在人人都在骂之前那个社长差点毁了这么有活力的社团，只有王猛在心里感激他。

现在王猛大小是个“领导”，身边总有学弟学妹端茶倒水，围前围后，当然，王猛也不会亏待了这些社员们，文学社出去采风时，餐旅食宿都是他一手包办，别的社团的社员根本享受不到这种福利待遇，所以这十二个人，一个想走的都没有，不仅不想走，反而拉拢了许多人加入了文学社团。王猛鬼得很，他以实习考察为由打发这些过来蹭福利的人，出去采风的时候并不带他们。

我们第一次在苏家屯采风时，王猛突然停下脚步，望着一排随秋风零落的杨树，神情中尽是伤感。没想到社员们随即纷纷哀叹，有的机灵点的在一声长叹之后，立马就开始作诗拍马屁。

猛将回首秋风寒，
峥嵘萧瑟铁骑还。
苏家屯里杨树下，
多少英雄曾少年。

“不错啊年轻人，颇有一番踏古寻踪的韵味。我从你的诗里看到了一个少小离家老大回、历经沙场秋点兵的将士，眼前的场景让他不仅回想起自己的少年时光，还让他感慨万千壮士一去兮不复还。这首诗表达了战争的残酷，还有人性的脆弱。”王猛夸奖道。

“王社长过奖过奖，没想到我诗中的所有意境您只听了一遍就能全然品味，您真的是才高八斗啊，晚辈班门弄斧了。”这名社员拱手作揖。

“意象虽然简单，但还是值得赞赏。这就是采风的意义啊同学们，你们坐在宿舍里打游戏时怎么会想到这样的诗呢？怎么会在文学素养上有所提高呢？”王猛说。

同学们纷纷表示所言极是。

“文学的动人之处在于，即使十个人看到了同样的场景，他们还是会做出十篇不同的文章。就眼前这排杨树来说，在樵夫眼里可能就是柴火，但在我们文人眼里，它是千丝万缕的情感，是无数动人的故事。”王猛说。

大家纷纷赞同。

王猛因此更加得意，他突然躺在了地上，指着天空说：“你们现在看我，我只是躺在地上，可是在我眼里，我看到的是天空，我感觉到的是自己与这些行云一起飘浮在天空之上。”

社员们不禁鼓起了掌，有的人也躺在了王猛身边，对着天空赞叹着：“妙啊！妙啊！”

我实在不忍心在这个时候拆了王猛的台，所以没有告诉他躺在了一口新鲜而又浓稠的痰液上。

从那以后，文学社的采风活动我再也没去过。实际上我在文学社里也确实徒有虚名，我只是单纯地为了有机会在团委大院里看到宁小爱的身影，所以时不时地过去逛一圈，看不到人我就回来，从来不主动帮文学社做什么贡献，凭王猛一人的热情，足以撑起整片天地了。

在团委大院转了这么多圈以后，我终于见到了宁小爱的男朋友，就像王猛说的那样，高大又帅气，身高 175 的宁小爱在他怀里像小鸟一样。我的世界，顿然失色。这种感觉就像是我的竞争对手直接出生在了终点线上，我连参赛的资格都没有。

打击，我受到了沉重的打击。我一个油门拧到了底，呼啸着从他们身边经过，用喧闹的背影掩盖我内心的伤悲。

我问王猛怎么能把我摩托车的排气管声音改装得大一些、吵一些。他同情地看着我，问我还记不记得，在《大话西游》的结尾里，至尊宝和紫霞仙子两个人的化身，在城楼上最后说了句什么。

“什么？”我问。

“那个人好像一条狗啊！”王猛拍了拍我的胸口，“还是给你自己留点面子吧，兄弟。”

原来王猛也喜欢过宁小爱，不是喜欢过，到现在他依然喜欢。我与之不同的是，我只是刚刚才了解到喜欢与现实间的距离，而王猛早就知道了。这种自知之明让我同情着他，同时也同情着我自己。王猛同情着受到打击的我，就像同情着曾经的自己。

不过打击归打击，我依然能够正视自己的情感，喜欢就是喜欢，凭什么因为对手过于强大我就该割舍我的情感。上苍赐予人类欲望，是激励人类去实现自己的欲望，而不是让我们得不到就去死。所以，我就是喜欢宁小爱，我可以不去追求她，但我绝不能打自己的退堂鼓。有了上述想法以后，我放弃了改装排气管的念头，仍然时不时地跑去团委大院偶遇宁小爱，想方设法地跟她打个招呼，说一句话。甚至骑摩托路过她和她男朋友时，我都会回过头笑眯眯地看她一眼。

终于，我等到一个能跟宁小爱产生更多接触的机会。

某日，我正在办公室里把玩着王猛的茶宠，宁小爱笑着敲门进来。

“呦，贵客啊！快请坐。”王猛站起身来，抬头仰望着宁小爱。

“贵什么贵啊，别调侃我了王社长。”宁小爱坐在了我身边。

我洗了个茶盅，给宁主席倒满一杯大红袍。

“宁主席‘日理万机’，一定不是到我这儿闲聊的，说吧，有什么需要帮忙的，我们小岛一定在所不辞。”王猛说。

“还真被你给说着了，我就是来找他的。”宁小爱说。

“哦？啥事啊，宁主席只管交代。”我表现得一副热心肠。

“是这样，为了大力弘扬爱国主义精神，增加学生干部拥护党与团的向心力，学生会和社团联合会即将在学生干部内部举办一场诗朗诵比赛。我一想，这是你们文学社的强项啊，就过来邀请你们参加活动。上次你们读书会上，小岛社长的诗朗诵让我印象深刻，这次比赛你可一定要参加啊！”

“放心，这种时刻绝不会少了我们文学社，小岛一定去！”王猛表态。

宁小爱看着我说：“那我就当你答应了啊！”

她一提诗朗诵的事，我又陷入了尴尬。

“宁主席，您快别提上次诗朗诵的事了，我自己都丢脸。”我说。

宁小爱扑哧一下笑出声来：“除了上次结尾时有点破音，其他地方表现得都非常完美，你要对自己有信心。我之所以找你，就是觉得你有水平，之前这种比赛我们也办过，放心吧，好好准备，你有实力。”

“宁主席放心，我们努力！”王猛又在拍着胸脯保证。

“好，那就这么说定了。我还得去上课，先走了。咦？王猛你不去吗？”宁小爱说。

“我就不去了，我跟老师请假了。”

“那好吧，我走了，小岛同学好好准备哦！”

“好，那个，要不，我送你去吧，还有七分钟就上课了，你怕是要迟到了。”我说。

宁小爱看看表，又看看手机：“糟了，手表慢了十分钟。”

“走吧走吧，正好我要回宿舍，顺路的。”我说。

“好吧。谢谢你啊！”

“小事一桩。”我一把抓起桌上的摩托钥匙，满怀欣喜地和宁小爱一起急匆匆奔向门外。

这是我第二次载女生，同第一次一样，载到了我喜欢的女生。我越来越觉得胯下这台破二手摩托是我的幸运飞车，它早已失效的速度表在我眼里越来越可爱。

可惜，从团委大院到宁小爱要去的教学楼之间，只有短短三分钟车程，我还来不及感受她在身后的重量，她已经下车和我说了拜拜。这一路，她没有将手扶在我的腰间，离得远远的，这使我在欣喜若狂之后，又怅然若失。但是不管怎样，这是一个良好的开始。

次日，有了诗朗诵比赛做由头，我斗胆以请教问题的借口去了她办公室。我将一摞从网上下载来的诗歌递到她手中，说我拿不定主意，请宁主席帮忙筛选一下。

宁小爱认真看了一下这些冗长而索然无味的诗歌，很委婉地告诉我，这些诗歌太长了，她建议我把控朗诵的时间，毕竟如果用时太久，很容易让听众疲乏。我顺着说自己握着这些诗歌翻来覆去觉得不对劲，经过她这么一点拨，我就茅塞顿开了。临出她办公室前，我还要了她的 QQ，以后有什么问题就在上面请教她，省得总跑她办公室来打扰她。她欣然同意了我的要求，走出办公室的时候，我内心喊了句“噢耶”。

有了她的 QQ，我光明正大地在她空间里窥探着她的过去，原来她是个内心细腻温婉的姑娘，也曾在花季雨季时写下许多令人心疼的文字，随着我了解得越多，我就愈发地喜欢她。

比赛当天，我用了戴望舒的《我用残损的手掌》，毫无悬念地获得了诗朗诵比赛的一等奖。王猛骄傲地把奖状挂在了文学社办公室的墙上，这面墙是他接手文学社以来荣誉的积累，上面挂满了社团举办采风活动时的照片和《野草文学报》中筛选出来的优秀作品。

为了庆祝文学社摘得一等奖，王猛当晚约我们去三台子吃烤肉。因为他还有点事，他打发我们先过去，说他晚点到。

就是在那个夜晚，王猛在废弃的公交站牌下偶遇了小叶，那一段传奇爱情故事，硬生生地砸在了他的身上。

当他赶到我们的饭局时，我带领学弟学妹们已经吃得溜饱，他大手一挥喊来两箱啤酒，把包括他自己在内的所有人灌了个底朝天。王猛喝醉以后，一直在咯咯傻笑。我问他笑什么，他反应了半天和我说："以后宁小爱就是你的了，我退出了。"

"宁小爱本来也不是你的，当然也不是我的，即使你不退出，对我也没啥影响啊。"

"是不是你的，看你造化了，反正我，真正地找到喜欢的人了。"王猛痴痴地说。

在我们勾肩搭背回宿舍的路上，我打听他到底遇到了谁，他掏出衣兜里小叶遗落在出租车上的手机，绘声绘色地和我描述了这一次相遇。

"嗨，搞了半天，你连人家叫什么都不知道。"我说。

"我有种强大的预感，她会成为我的女人。"王猛说。

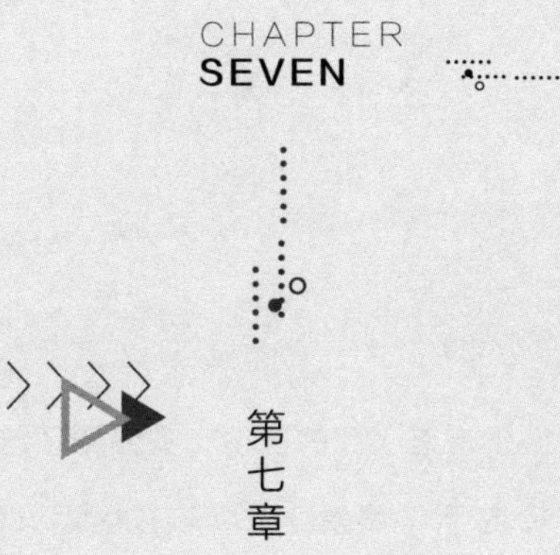

CHAPTER SEVEN 第七章

孙子兵法

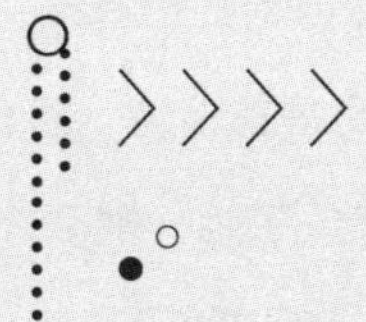

1

日思夜想的人终于走进了我的梦境，我梦到了这样一个午后。

我与宁小爱手牵着手，慢慢穿过学校东区湖畔的垂柳，在湖畔的石椅上，她靠在了我的肩膀上。阳光通过平静的湖面折射在她动人的脸庞上，我凝望着她的双眼，像是已经和她认识了很久一样。在那个午后，我们聊起了她 17 岁的夏天里写的那篇日志，聊起了那个年纪少女内心莫名其妙的忧伤。我假装笑话她，把她紧紧地搂在怀里。“一切真美好啊！”我心里想。

“你为什么那么喜欢戴望舒的诗？”宁小爱问我。

“因为他总是能够表达我对你的想法。”我说。

“乱说，比赛时你朗诵的那首诗，明明是爱国题材的啊。”

“谁说的，它明明是首情诗。不信你听，这长白山的雪冷到彻骨！”我趁她不注意，“偷袭”了她，她意外地尖叫。

“这黄河的水夹泥沙在指间滑出！”我又将手伸向了她，她吓得跳起，一边骂我是个流氓，一边跑开。我看着她，嘿嘿地坏笑。

“喂，喂喂！”王猛站在地上将上铺的我唤醒，“醒醒，醒醒，看你笑得春意盎然的，做什么美梦呢？”

我惺忪睁开眼睛，看见王猛在我面前。赶紧翻到了另一边，避开他丑陋的脸。

“哎，起床气这么大。”王猛一副无辜的样子。

“我梦做得正美！”我气得踹着被子。

“我找你有正事，你赶紧把稿子发给我，说好了这期的头版给你了，晚上我交给印刷厂的。”

“你不能晚点儿说吗？现在是几点啊！6点！”

“6点已经不早了，年轻人，我和小叶要去图书馆上自习的，你别忘了给我啊！多少人求我这个头版呢。”王猛说完假惺惺地走了，我看他根本不是来找我催稿的，明明就是来酸我的。

“赶紧走！”我用被子蒙住了脑袋，大喊着。

余下的整个上午我都赖在床上，尝试很多次再续前梦，通通无果而终。

前些天王猛问我，有没有向宁小爱表达过自己的想法，我批评他一点套路都没有。其实是我怂，一直在考虑要不要说。王猛建议我用文采打动她，因为就外在条件而言我与她的男朋友实力太悬殊。

“你怎么就知道她男朋友没内在？人家可是文学院的学生会主席。”我说。

“文学院怎么了，我发现你自从喜欢上宁小爱，越来越没自信了。”

“我不是对自己的文采没有自信。”

“你要真有自信，下期《文学报》我给你个头版，你写篇文章表白她。”

“至于敲锣打鼓吗？”

“至于啊，这叫勇气。”

“爱真的需要勇气。”

“去面对流言蜚语。”

“……”

其实我并不相信一封情书能对一个不喜欢你的人起到任何作用。你喜欢一个人，不用说，她也一定是能感觉到的。她若是不知，即使你说得再动听，说不定她也会带着一身鸡皮疙瘩远离你。有人说，爱是一颗幸福的子弹，我总觉得这个比喻有很大问题。只有人家不喜欢你的情况下，爱才是一颗枪子儿，人家躲都躲不及，哪来的什么幸福可言。我不打算在王猛的文学报上发表情书，随便他怎么说我怂吧。

但是追求，还是要的，这事一定要讲究方法，应从长计议。

说到计谋，我突然想到岳桐的书架上放着一本《孙子兵法》，也许这本书会给我带来灵感。我连忙骑上我心爱的小摩托，跑去岳桐的住处借书。

我把想法分享给岳桐后，他不仅没有打击我，还鼓励我认真学习，哪怕追不到宁小爱，也能从书中长长学识。

通过多日废寝忘食的研究，这部包罗万象、博大精深的人类智慧顶级之作，果然给我带来了一些启迪。比如这个“声东击西”，我想到可以通过结交她的室友，打入“敌人”的内部，来提升宁小爱对我的好感。再比如这个“无中生有”，我可以捏造一个女朋友，以一段凄惨的感情困惑来博取宁小爱的同情。随着我的想法越冒越多，我逐渐感觉自己成了一个阴谋家，不觉地打了个冷战。虽然通过使用各种心机来获得爱情有悖于校园恋爱的单纯美好，但是管他黑猫白猫，抓得到女神，就是好猫。“这是智慧，不是阴谋”，我如是为自己辩解。毕竟，像“离间计”“美人计”等可以应用到她男朋友身上的技能，我想都没想过，说明我这个人还没那么坏。

既然要深入敌后，首先我需要找到一个合适的人选。这个人一定要跟她关系要好，才能拉近我俩的关系；要乐于交际，我才更方便去接近。当然，如何接近，用什么身份，都需要掌握科学的技巧和分寸，这都是后话。

为了充分制定战略，我带着诸多问题，找到了王猛。王猛对我迂回作战、曲线救国的“智慧”大加赞赏之后，随即打开了社交网站，试图帮我详细扒一下她的室友们，但他查询了半日，一无所获。

后来，通过他多方打听得知，宁小爱住在一个混合型寝室，她的室友中除了一个大四的学姐是同院系的，其他女生都来自别的院系。由于“鱼龙混杂”，其中的寝室关系很难把握，那些人的信息也不方便获得。况且，平时也很少见宁小爱与她们同进同出，王猛劝我另谋出路。正当我心灰意冷的时候，王猛又急中生智，将目标指向了另一个人，宁小爱的同乡好友，也是王猛和宁小爱的同学——陈晨。我拍打了王猛的后脑勺。“有这样一个人你为何不早说。”

孙子曰：“兵之情主速，乘人之不及。由不虞之道，攻其所不戒也。”虽然我毫不费力地将陈晨的诸多联系方式搞到了手，但是如果贸然添加了她的好友，或者唐突地给她发短信，都会引起她的戒备，这显然不符合我在《孙子兵法》中获得的“真传”。关于如何自然地开展一场相识，成为困扰我多日的问题。不过，小不忍则乱大谋，我决定耐心了解一下这个人，是为：“知彼知己者，百战不殆。”

真是皇天不负有心人，老天爷饿不死瞎家雀。机缘巧合之间，我得知了陈晨是学校贴吧的管理员，在贴吧里大家都尊称她一声花姐。我立马注册了一个账号，潜入贴吧之中，从此摇身一变成了闲人马大姐，热心回复贴吧里的各种提问，坚决拥护着吧务的一切工作。对于出言不逊者，我必化身正义之士猛烈敲键盘击之，一副“犯我贴吧者虽远必诛”的造型。除此之外，我还发挥了自来熟的精神，时常绞尽脑汁诙谐评论吧中活跃者的发言，没用多久，便取得了贴吧中很多人的好感，终于也如愿以偿地博得了陈晨的关注。唉，我真是太“机智”了。

有一天，吧里有个叫芙蓉奶咖的人发帖，询问有没有吧友到南区商服咖啡馆一聚，我定睛一看，花姐陈晨留言说她傍晚会去，奶咖回复说有高级货等待她的光临。我赶紧抓住这难得的机遇，问芙蓉奶咖可否带我一个。少顷，奶咖表示欢迎。我一看表，已经下午四点半，即刻下床“梳妆打扮”，沐浴更衣。日落时分，我神采奕奕，起身前去。

到了咖啡厅，我问吧台里做咖啡的小姑娘：“您是贴吧里的芙蓉奶咖吗？”

她笑着摇头，伸手指了指窗边的长桌前孤零零坐着的文艺男青年说：“老板在那边。”

我走到文艺男身边，还没开口，他笑着问：“你是绿牧场小霸王？”

没错，我的昵称就叫绿牧场小霸王，名字来自我儿时最为喜爱的动漫。他一眼就认出了我的身份，让我有一点惊讶。

“你怎么知道？”

“欢迎欢迎，来，快请坐。”他起身帮我抽出了椅子。

我表示感谢，顺势请他一同坐下。

“现在很少有新人参加我们的聚会了，所以我一猜就是你。”

“我是不是来得有点儿冒昧？”我尴尬笑着。

“不会不会，我们一直都很期待有新朋友加入。”

他兰花指翘得老高，拿起桌上的咖啡壶，慢慢给我倒上了一杯，一股浓郁的香气扑鼻而来。

“哇，好香啊，虽然我不懂咖啡，但我闻着就知道，这就是你说的高级货吧？”

“还可以吧？我朋友帮我从意大利带回来的。”

“果然高级啊！”

我一口喝下去，咖啡苦中带酸，和它闻起来完全是两个味道，然而我还是装出一副喜出望外的表情，把咖啡的味道夸上了天。

“喜欢就多尝尝。”

在花姐和其他吧友到来之前，我和奶咖闲聊了一会儿。我本以为他混贴吧只是为了大家多光顾他的生意，一番了解下来，原来他有很多家咖啡店，在学校旁边开的这家，全靠着留恋母校的情怀在经营。我夸张地对他投以崇拜的敬意，他谦逊地摆摆手说，说都是听起来厉害。他感慨自从国外品牌咖啡席卷中国市场后，咖啡店的生意越来越难做。东北的咖啡文化兴起得相对较晚，如今年轻人只看品牌，没多少人真正在意咖啡的品质。我云里雾里地听他说着咖啡的事情，只希望花姐快点出现，早点把我从这个不擅长的领域解救出来。

过了一会儿，几个吧友一起来了，他们带来了一些蛋糕、水果和零食，当我意识到这是一次不需要现金支付的聚会，两手空空的我，稍稍有一丝窘迫。

寒暄过后，奶咖把大家依次介绍给我，我终于认识了花姐陈晨。花姐肤白人美，戴着一个黑色棒球帽，没有镜片的黑框眼镜，白色运动卫衣打底，外搭一个牛仔外套，简单朴素，却又清爽率真。我实在没有想到，原来喜欢玩贴吧的人，也有长得好看的。

聚会期间，他们彼此熟络，话题很多。天文地理，曲苑杂坛，灵异八卦，许多事情讲得有趣，我虽很少插话，但听着也很有意思。这些人彼此以贴吧昵称相称，有个男生的昵称是在键盘上随意敲出来的，“爱买唉速的”，他们就管他叫爱买。有个女生的昵称叫“糖醋向日葵”，大家就叫她瓜子。因为对我还比较陌生，我还不知道他们会怎么称呼我。如果真的喊我小霸王，也许我会有点难为情。

半个小时聊下来，我感觉这些人和我的室友们，以及团委大院的学生干部们，都不一样。说实话，他们看上去更有文化一些。物以类聚，人以群分，他们喜欢的，是精神上的格调，所以很容易营造出一种让人难以接近的错觉。怪不得他们的聚会很少有新人参加，如不是脸皮厚一些，真的会有些尴尬。

很多次，他们谈起了我所熟悉的事，我都忍住没有发言，不是害羞，纯粹是想扮得酷一点、沉稳一点。当他们没有意向了解我时，我也不主动说，便守住了我的排面儿。但为了避免显得死板和无趣，我还是会尽量真诚地聆听，随时根据他们讲述的情节调整自己的表情，抒发与之对应的感受语气。陈晨发言时，我没有刻意直面观察她，别人说话时，我也没有偷偷用余光窥探她。当目光偶然有交接的一瞬，我将自信和笃定输出得恰到好处，等到她把视线转移后，我才将目光投放别处。

孙子曰：“昔之善战者，先为不可胜，以待敌之可胜。”

不得不说，我的城府日益加深了，渐渐走向无耻与虚伪的边缘。

在本次吧友聚会接近尾声之前，吧友爱买终于按捺不住好奇，将话题指向了我。他不问出身背景，只用了一个无关痛痒的问题，来打探我的底细。

他问我平时有哪些爱好。

爱好看似是一个简单的问题，实际上却可以透露出很多东西，比如性格、价值观、消费层次、学识深浅、行为习惯等。当你和别人分享你的爱好，等同于敞开心扉让人窥探整个虚实，尤其在初次见面时，爱好会很容易被贴上标签，这种第一印象的标签如果贴得不好，日后很难让人改观。

“我啊，没什么特别的爱好，看看电影，偶尔会写写小说。”我说。

花姐放下手机，看了我一眼。

“哦？厉害啊，关于什么题材啊？”爱买接着问。

题材也是个很要命的问题。

如果说悬疑玄幻，可没有那个脑子，实属吹牛。

恐怖题材？令人生畏。

言情呢，挺大个老爷们怎么娘们唧唧的？

校园的话，真是无脑肤浅。

要是穿越同人、霸道总裁，那简直就是庸俗不堪！

“少儿读物！”我说。

花姐“噗”的一声笑了。

2

孙子曰：“不战而屈人之兵，善之善者也。”

经过我不懈的努力，“声东击西”的计谋已经取得突破性的进展。自从上次聚会后，在学校贴吧里，花姐与我的互动逐渐多了起来。以前在她的帖子下面留言，她会一本正经地选择性回复。现在不一样了，一切评论有来有回，谈话间像极了彼此熟悉的朋友。她竟然如此轻易地放下对我的戒心，真是个天真烂漫的小朋友啊。想到自己与宁小爱之间的距离越来越接近，我有点兴奋，像是爬山变成了溜坡儿，双脚变成了自行车，生产力即将告别刀耕火种的农业文明，迎来伟大的工业革命。

信心大增的我，在一个周末的午后给陈晨发了私信。

“花姐，在吗？”

我在别人帖子里看到她前几分钟刚评论完别人，这会儿应该还在线。果然，没过一会儿她就回复我了。

“绿牧有何贵干？”

“为啥是绿牧，而不是小霸王呢？”

“懒呗，寻思这样可以少打一个字。”

“还是叫我小岛吧。”

“你说叫啥就叫啥。”

“在干吗呢？”

“宅。”

“这大好的周末。”

“大冷了。”

“冷吗？你回我消息的时候，我抬头看看窗外，感觉骄阳似火啊。”

“看来你们宿舍供暖不错。”

“我想去喝杯咖啡，所以想问你要不要一起。”

“太远了，我连下床拿包零食都懒得动。”

“喊室友帮忙啊。”

“都出去浪了。”

“好吧，但你总归要下楼吃饭啊。”

“一会儿准备叫东区的米线。”

“听你这么一说，我也想吃了，我现在就去，再买杯咖啡。”

“年轻真好。”

“拜拜。”

“拜。”

合上电脑，我的内心略微有点失落。陈晨拒绝了我的邀请，而且丝毫不避讳自己又宅又懒的缺点，说明她根本不在意在我心中的形象。再说她只比我大了一届，却表现出来心理年龄的绝对上风。种种证据表明，之前我对“敌情”分析得有点过于乐观，现在和她交朋友，时机仍不成熟。不过她愿意和我聊天，一切就都有机会。

我一个油门拧到了东区食堂，点了一份米线，吃得津津有味。我这个人就是如此诚实，说吃，那就一定会吃。吃饱喝足后，我突然意识到一个问题，如果我仅在贴吧里和她聊天，那在她潜意识里，她是管理员，那我就是被管理者，当然不方便做朋友。想要突破她的这道心理防线，还是要添加她的 QQ。

当晚，我又在贴吧上找她闲聊，请她推荐几本小说或电影。聊了几句，我借口贴吧私信太卡，交流不畅，又要到了她的 QQ。虽然我早就有她的 QQ，但是唯有她亲口告诉我，才能真正获得那张通往她内心世界的邀请券。

目标初步完成，剩下的一切，就交给时间吧。反正宁小爱仍在热恋之中，我一时半会儿也没有机会，我的“雄韬大略”，可以慢慢部署。

第二天，我拿着陈晨给我推荐的书单，拜访了久违的图书馆。我在藏书系统里检索个遍，没有找到相关书籍。我又跑到了书店，还是没有找到。我灵机一动，既然是她推荐的书，她肯定看过的，很可能她手里就有，我何不找她借呢？这样有借有还，一来二去的，再请她吃个饭，这感情基础不就夯实了吗？

我登录手机 QQ，系统显示她此刻在线。

“花姐，你推荐的几本书，我到图书馆和书店找了个遍也没找到啊，请问你手里有吗？”

几分钟后，花姐回复我两个字，“哈哈”。

我给她回复了一个问号。

“你还真去找了呀。”

“嗯？什么意思？”

“对不起，书名都是我随便编的。”

知道真相的我火噌一下就上来了，我这么有诚意地想跟你做朋友，为了跟你有共同话题还特意去寻找你推荐的书，准备认真拜读后跟你交流，没想到你居然玩弄我的感情。我在手机键盘上按下一句话：“你太不地道了！”

这句话在发送之前，我犹豫了一下，又删掉了，小不忍则乱大谋啊。

“调皮，还别说，你这些书名起得还都怪有水平的，听起来就想看。”我感觉我太卑微了，被人玩弄还要夸奖人家玩弄得有水平。

“嘿嘿，是吗？”

嘿嘿？你还怪得意的！

“我小说写了一半还没想好名字呢，可以给我用一下吗？”我不仅出卖了我的尊严，还出卖了我的精神果实。

“那可是要收费的。”

收费？

“没问题，等出版了稿费五五开。”

“就这么愉快地决定了。”

“那我们就是合作伙伴了。”

“那你可要加油写，早点给我兑现。”

“好的，合作愉快。”

“合作愉快。”

退出QQ，我把手机揣进兜里，刚才得知被戏耍的时候还颇为气愤，现在跟她初步建立了合作伙伴关系，心里有一种说不出来的舒爽。之前我有想过，如果我带着隐藏的目的接近、讨好一个人，让他成为我的棋子，实现我的目标，假如日后目标暴露，这样的行为对他来说是不是过于伤人。如今看来，此番考虑是多余的，我有点小瞧陈晨了。

子夜一点，寝室里喧闹的夜生活早早打了烊。我收起桌上的三国杀，爬到了我的床上。想起白天与陈晨稿费的约定，我又意识到，自从喜欢上宁小爱，已经好长一段时间没有写作了。我打开小说，重温着自己曾敲下的文字，试着再次进入文中的状态，但这些文字的组织，有点不像出自我手。那时候的我，比现在安静得多。一时间，我好像体会到了岳桐曾有过的迷茫感。

所谓迷茫，就是搞不清楚自己想要什么、不想要什么，或者是想要什么，但是目标过于缥缈。宁小爱于我来说，就是这般的缥缈。可即使我得到了，好像我也并不甘心只从恋爱中汲取快乐。我想要得到更多，但是更多的是什么，我就不清楚了。

假如完完全全变成历史中真实存在的某个人，某个成功的、拥有一切的人，做了他成就的所有的事，享受了他体验过的所有的荣华，这意味着同样拥有他的姓氏、父母和子嗣，我根本不愿意。假如我真的完完全全成为另一个人，那么这个英俊潇洒的我，就没有了。我需要的是以自我去实现。去实现什么？还是不清楚。

我关闭小说文档，陷入深夜的纠结。正当此时，QQ 上弹来了陈晨的上线提醒。

“你咋还不睡？”我发消息问她。

“你不也在？”

“我在做大人的事。”

“什么事？”

“迷茫。”

“切，迷茫是小孩子的事，大人没时间迷茫。”

“你迷茫吗？”

“不，为什么要迷茫？”

“因为不知道自己想要什么啊。”

“嗨，我以为多大点儿事。”

“这事不小啊，它困惑着我睡不着觉。”

“其实也简单，你想想看你不想要什么，排除法。”

“我不想当宇航员，不想开挖掘机，不想当厨师，不想……这得排除到什么时候？”

“慢慢排呗，反正你也睡不着。”

“你为什么睡不着？”

“我是刚想起来明天要交论文，烦呐。”

“啥论文啊？”

“论社交媒体在商业中的应用。”

“你这是打算上网找灵感？”

“是啊。”

“得，我帮你一起弄吧，这事我擅长。”

“算了吧，明早就要，我得抓紧了。”

“你还不信我，等着。”

我迅速打开了浏览器，把论文相关的所有关键词检索。没过多久，我对陈晨说：“给你邮箱发过去了，查收一下。”

“哎，这么快，我看一下。”

几分钟过后。

“人才啊！请你喝咖啡。”

“什么时候？”

“就明天吧，我下午没课，你下午有课吗？”

“可以，那就明天下午两点见吧，谢啦。”

“晚安。”

“好梦。”

关了电脑，我也不愿再去想迷茫的问题，躺下就呼呼大睡了。

3

我一觉睡到了将近 12 点。

大鹏去上课了，还没回来。程梁和李想早就醒了，都还赖在床上。

在我醒之前，他俩已经盘算好了吃什么，就等着大鹏下课时给他打电话，让他给带回来。

可是程梁“夺命连环 call”了大鹏 10 分钟，大鹏都没有接电话。

李想说大鹏现在变聪明了。

程梁转而发短信：“不好了鹏哥，出大事了，速回电话！”

鹏哥立马回了电话：“喂？咋的了？出什么事了？”

“出个啥事，给你打电话为什么不接？！赶紧带三份土耳其烤肉拌饭回来！还有三瓶可乐！”

“哎呀，我中午有点事，回不去啊。”

“你有什么事你有事，赶紧麻溜儿带回来！”

“哎呀我真有事啊，你们自己出去吃吧，我先挂了啊。”

程梁看着被挂断的电话：“大鹏长能耐了！”

“要不打电话叫小四川工作餐吧。”李想说。

“我都吃了八天小四川了，再吃我就疯了。”程梁说。

“换一顿工作餐，帮我叫一份。”我说。

“你们这是要把我逼上绝路啊。”

我跳下床，抽出床底的洗漱盆和暖水瓶，掂量了一下暖水瓶的重量。

“李想你怎么又没打热水？”我说。

我抱着水盆去了水房，用冷水洗了个头，为了下午与陈晨约个会，我遭受了冰冷的刺痛。我心想，她可别放我鸽子。

以防万一，我还是打开了电脑，想联系她确认一下。打开 QQ 时，她在上午 9 点给我留了言。

“绿牧，实在抱歉，我下午临时有事，要去一趟市中心，所以不能请你在校内喝咖啡。你要是愿意的话，可以和我一起去。不过，可能时间要耽误久一些。”

她果然要放我鸽子了，看在她留言如此诚恳的份上，我并没有生气。此刻系统显示她手机在线，我发了消息过去。

“去干吗？”

“公司临时接了一个商演，过去彩排。”

“啥公司啊？”

“文化公司，承接各种活动的。”

“哦，没想到你还有表演技能，演啥啊，二人转吗？”

“去你的，舞蹈。”

“那我倒是有兴趣欣赏一下。”

“好，一点半，北门公交站见吧。”

一点半，我如约抵达公交站，陈晨已经在那里等我。她今天化了浓艳的妆，我差点没认出来。

“花姐，有点隆重啊。”

“没办法，演出需要。”

“今天不是彩排吗，怎么这就扮上了。”

“甲方想看看效果再决定用不用我们。”

“那他要是不用，你们今天就白折腾了啊。”

“没办法，谁让人家是甲方。”

“好吧，商演一次给多少钱啊？”

“你哪儿来的那么多问题，公交来了，快上！”

176 路公交车经过沈北六校，到北门口仅是第三站，就已经塞得满满登登。我正有点犹豫，花姐拽着我的胳膊，挤上了公交车，穿过人群，抵达公交车中后部相对宽裕的地方。这个宽裕程度，大概只能足够放下两只脚。我本来想说，要不打车走吧，但上都上来了，这会儿想下去，可有点费劲。我不得不佩服，花姐看上去这般纤细，挤公交车时却无比的强悍。

“哎呀，不好意思，妆蹭你衣服上了。”花姐说。

她低头想拿出手提袋里的纸巾帮我擦掉，但是没有足够的空间给她弯腰。车子一起步，半车人差点栽倒，花姐直勾勾倒向一个老大爷怀里，我一把拽住了她。

“没事，到地方了再擦吧。包给我拎着，你拽住我的胳膊站好。”

我接过花姐的手提袋，还是有点沉的，里面装着她的演出服、化妆包，还有卫生巾的一隅，隐隐约约地露出马脚。花姐扯了一下演出服，遮住了小秘密，抓住我的衣袖站好。

这一路十七八站漫长无比，行程未半我已经腰酸腿软，而花姐面色不改，十分用力地抓着我的衣服，避免倒向任何人的怀里。我俩距离贴得过近，如果我不抬起头扭向别处，下巴很容易在司机的一脚急刹中砸到她的脑门儿。我轻轻以鼻呼吸，生怕中午嘴里的食物残渣留下异味，喷到她精心布置的妆容。

行车几十分钟后，公交抵达目的地，我终于能挤下公交，在广阔的天地里自由地呼吸。

花姐双手交叉在胸前，紧紧裹着外套，一路小碎步穿过了几条街，我跟她身后，有点气喘吁吁。她时不时回头示意我走快一点，其实我真的已经很努力地在走了，此刻我有点后悔跟她一起来。

我们来到一家商场，商场一楼舞台已经搭建好，背景是周年店庆的宣传语，描绘得红红火火。花姐与她的成员们汇合于商场服务台，一个经理模样的人领着她们去更换服装，没过一会儿，一群身上闪闪发光，露着肚脐儿的小姑娘现身在大众的眼前。

她们在舞台边交流着一会儿的彩排，花姐用一双明亮的眼睛在人群里找到了我，伸手指了指另一边的休息座椅，我点点头，走过去坐下。

商场的供暖太好了，烘得我脸颊发烫。我脱下外套，释放一下刚才一路奔波的汗气，静下心等待花姐上台。除了花姐的舞蹈队，舞台旁还围着四五帮衣着鲜艳的团体，其中有一个乐队，都是学生模样的年轻人。里面一个光头，一个头发五颜六色，还有一个用发胶把头发竖得老高。希望他们的功力能配得上这杀马特的气质。

彩排开始了，杀马特组合最先登场，舞台边围上了许多看热闹的群众，许多人掏出手机准备录像，挡住了我的视线。我从座位上站了起来，期待着他们的开场。杀马特们调整着手里的乐器，主持人在旁边试麦，喂喂喂了半天。

“那个，各位朋友们，明天是我们商场 10 周年庆典，届时会有各种精彩的表演，还有接连不断的惊喜派送，希望大家明天都能抽空过来，每个人都有机会参与抽奖，有非常名贵的礼品在等着大家。那个，要不我们现在就开始彩排吧，先是乐队，三个曲目。来吧。”

鼓手把节奏打了起来，一缕电音将气氛拉升，主唱一开嗓，台下一片叫好声。这功力果然不寻常，明显超越了他们的造型。他们连着唱了三首歌，台下有观众起哄，“再来一个，再来一个”，还有人把口哨吹出了电音的效果。

乐队过后是魔术表演，魔术师把衣服塞得鼓鼓囊囊，走上了舞台。我迎来了第一波“尿点”，去厕所撒了个尿。

在观看了几个团体表演以后，终于轮到了花姐她们上台。我起身挤到了靠近舞台的位置，饶有兴致地准备欣赏花姐的舞蹈。

音乐响起，她们随鼓点的变换摆了许多个让人为之羞涩的造型，随着一波更为强烈的节奏带入，一套爵士动作在队形的自如切换中将表演推向了高潮。花姐在舞台上站的不是最显眼的位置，但是在我看来她跳得最好，极为妖娆，表情与眼神也相当勾魂摄魄，看得我目不转睛、目瞪口呆。

“骚得很，骚得很。”我连连嘟囔着，我说的骚不是字面意思，也没有任何贬义色彩，纯粹是赞叹，实在找不到别的词汇来形容。

没想到，真的没想到，那个衣着简单朴素的姑娘竟然有如此惊艳的一面，简直可以迷倒万千少男。她再努努力，都可以上春晚了。

花姐的舞蹈团体非常专业，没有一丝破绽，非常完美地演绎了两曲舞蹈，获得了观众们的一致好评。台下的叫好声和口哨吹得更响了。但我此刻非常反感吹口哨的那个人，我感觉他的口哨里充满了轻佻，有点侮辱了花姐。我在人群里锁定了他，一个面相猥琐的男子，穿着很不得体，蓬头垢面。

花姐下台后，她们凑在一起，那个经理模样的人在给她们开会。开完会，花姐过来找我。

“你再等我一下，我去换衣服，顺便把妆卸了。这妆糊在脸上透不过气。”

“好，快去吧，不着急。”

花姐走开后，我发觉花姐团体的经理在观察我，当我也看向他的时候，他冲我笑了一笑，我也冲他礼貌地笑了一笑。

花姐换好衣服，卸了妆，拎着刚才的手提袋回到我身边。我们正要离开的时候，经理男走了过来。

“陈晨。”经理男叫了花姐一声。

“嗯，刘总。”花姐回答。

“呦，新交的男朋友啊，之前的那个呢？”经理看看我，开玩笑说。

“刘总别开玩笑了，您有什么指示？”

“那个，是这样，明天演出结束后别急着走，商场老板要请我们吃饭。”

“只请我们的人吗？”

“不是，他在旁边酒店订了宴席，请很多人，也邀请我们了。老客户了，必须给面子。”

“哦，这样啊。”

“嗯呐，你务必参加啊。”

“啊，好吧。”

“嗯，说定了啊。另外，一会儿你有事吗？”

“咋了刘总？”

“我请你吃个饭，说说后面几场演出安排，非常重要。”

“不好意思刘总，我要赶回学校。您能跟领队说吗？或者晚点您给我打电话？”

“啊，这样，那好吧。”

“你着急吗，不急等我一小会儿，我开车送你回去。”刘总又说。

“不用了刘总，我朋友送我回去。”

“哦，朋友啊，我以为新男友呢。行吧，那你路上小心，晚上电话。”

“嗯呐，刘总，拜拜。”

“拜拜。”

刘总走后，我接过陈晨的手提袋，和陈晨一起朝商场外走去。

“这个刘总，人好像不错啊。”我说。

“呵呵，好个屁。”陈晨一脸憎恶。

“啊？怎么了？”我问。

“没事，我们去旁边的咖啡馆吧。”

“好吧。”

我和陈晨辗转来到一家咖啡馆，推开门，一股像是混合了咖啡和臭脚丫子的味道扑鼻而来。这是我第一次走进连锁咖啡馆，在上次芙蓉奶咖提到这个品牌之前，我并不知道它的存在。

我扫了一眼吧台墙上的菜单，非常震惊，这也太贵了吧！

为了避免自己没见过世面的尴尬，我装作从容地点了一杯最便宜的美式。如果是我请陈晨的话，我可能会奢侈一把，点个贵点的，但陈晨请客的话，我实在不好意思。

“你确定吗？”陈晨问我。

“确定啊，我喜欢美式。”

其实我根本不喜欢美式，那时的我宁愿喝汤药。

我和陈晨在窗边一处刚刚空出来的位置坐好，上一桌的人喝剩下的纸杯、蜷缩着留下口红的卫生纸还残留在桌面上。陈晨将它们收起，扔到了旁边的垃圾桶里，又用纸巾将桌子擦好。

“这里服务也不行啊，桌子都没人收。”我说。

“生意太好，忙不过来呗。”陈晨说。

我看得出来，从跟那个刘总谈话结束后，她的脸色一直不太好。我问她怎么了，她否认自己挂在脸上的不高兴。她不说，我也不问。两人对坐，没有谈话。陈晨掏出手机，假意翻阅着什么，心不在焉。我只能假装享受这苦到心坎里的美式，在脑海里搜索一个可以打破静默的话题。

半晌，陈晨放下手机，叹了一口气。我猜，这是一个信号，她准备跟我说什么了。果然，从她的话匣子一打开，我把她近两三年的经历，都检阅了一遍。

陈晨自述来自一个并不富裕的家庭，具体什么情况，她没有讲。念了大学以后，她努力寻求经济独立，为此她发过传单，给人做过问卷调查，当过家教，帮美容美发店拉过客人。后来，她以前高中校舞蹈队的队友找到了她，带她进了文化传播公司，签约成了舞蹈演员，偶尔也会出席各种会议充当礼仪模特。在文化公司的收入是她以前打工收入的好多倍，她不仅实现了经济独立，还有剩余的钱补贴家里开销。

但是这份钱并不好赚。且不说总有黑心经纪人过分抽水，做得时间稍微长点，她才发现这个行当有着更为恶劣的一面。那些个公司里的领导，刚开始都“人模狗样”的，等到摸清了你的社会关系以后，一个个禽兽不如。假如你没有什么关系背景，但凡手里有点能约束到你的权力，他们不仅吃拿卡要，还要各种揩油、占尽便宜。这都不是最过分的，更有甚者总是把你往各个饭局推，把你介绍给各个老板，从中牟利。很多女孩，被人玩弄在股掌之间，下场狼狈不堪。而那些坚守自我、扛得住诱惑的女孩，往往会被各种为难，被拖欠工资，或者被开除。

陈晨说的这些事，让我非常惊讶。

“跳槽不行吗？”

“跳槽？整个圈里都是一个鼻孔出气，跳到哪里都一样。”

“那就没有女领导吗？”

“有啊，你以为女领导就一定是好人了吗？她们禽兽起来更恐怖。”

“凭什么啊！我凭劳动赚的钱，凭什么被你们这么欺负啊！”

我有点控制不住自己的情绪，对待如此不公，我愤怒到了极点。我从未认识到校外的社会会有这般丑陋的一面，这些事情有点颠覆我的世界观。

“凭你需要生活，需要从他们手里挣钱。”

陈晨说得异常平静。我看着她，一时语塞，恨不得捶胸顿足，恨不得宰了这帮牲畜。

我想说，那就不要做这个工作了，但话走了一遍大脑，大脑告诉我不该说。她尝试了那么多工作，这可能是她在毕业前唯一能养活自己、补贴家用的方式。我有一些悲叹，和陈晨的遭遇比起来，我真的是温室里“天真的花朵”，从未经历过真正的风吹雨打。这人海茫茫，该有多少人每天在忍气吞声，被人残酷地剥削着。但是，陈晨只是一个未出校门的女孩，她本不该经历这些糟心的事啊！我把双手收进外套兜里，紧紧握着拳头，心里五味杂陈。

“所以，那个刘总，就是这样的人？”

“是，但他没占到过便宜，就是不死心。”

“这个畜生怎么这么死皮赖脸呢？！”

“你们男人不都这样吗？得不到的永远在骚动。”

“我可跟他们不一样！”

“我前男友当初也是这么说的！”

陈晨突然把音量放大了10倍，她有点要哭的意思，但是在一瞬之后，又调整了自己的情绪，把眼泪压抑了回去。

我沉默了，不敢打听她的前男友，不敢再去好奇她的伤心事。

看她故作坚强的样子，我心都碎了，真的。

“对不起，我不该吼你。”

“没，没事。”

“其实这些事我不该说的，但是今天有点控制不住了。”

“别，你别自责。你有不开心的都可以跟我说，要是你发泄不出来，打我一顿出出气也行，真的。”

我实在没有别的方式安慰她。

“噗，我打你干吗。”陈晨笑了。

“打醒我的天真和无知。”

“别自责，你的天真和无知跟我的生活一点关系都没有。我过得好不是你的功劳，过得不好不是你的过错。何况这个世界上有那么多不开心的人，我有手有脚，能够自食其力，已经很幸运了。”

陈晨这句话，让我冷，也让我静了，像是被现实按住，冷冷的水冲洗着我的脑袋。是啊，我什么忙都帮不上，她过得不好不是我的过错。在我费尽心机地想接近宁小爱之前，我根本不知道世界上有这样一个女孩存在着。我的接近，不过是想利用她。即使她的故事让我心疼，但她并不需要我的同情和帮助。我想用十万把刀子插进自己的心脏，来宽恕此刻我内心被丑陋、罪恶所侵蚀的良知。

我在心里无数次地跟她道歉，对不起，我不该这样。

什么狗屁的我。

我真心想成为她的朋友，成为她可以倾诉的角落，这种想法不出于同情与自责，而是敬佩和尊重。

“对了，之前骗你的事，对不起啊。”陈晨说。

“哦，那个，我没放在心上，用不着道歉。”

我心想，明明是我该给你道歉。

“最近在我身边不怀好意的人出现得多了，让我有点戒备。”

在这些人中，明明就有我啊，只是我还没露出头。

“那你怎么知道我不是坏人？”

“我看你的一举一动都挺正派的，能坏到哪儿去。”

嗨！我心说：“这女孩真是太好欺骗了！”

“你一个女孩，确实挺不容易的，有需要帮忙的地方你尽管说，什么都可以。”

“行啦，夸你两句你就上天了。我不需要帮助，我强大得很。”

“确实，从你挤公交我就看出来了。”

“哈哈，是吗？”

“你没意识到吗？”

“没有，可能习惯了。”

我和陈晨走出咖啡店，来到公交站点，此时她的心情已经拨开云雾，时而露出明媚的笑容。她说人生不就是这样吗，纵然有诸多的不如意，还是要勇往直前。

公交车到达的时候，陈晨可能想起来我说她擅长挤公交的事，有点害羞，她转过头问我：“要不，你先上？”

我俩哈哈大笑起来。

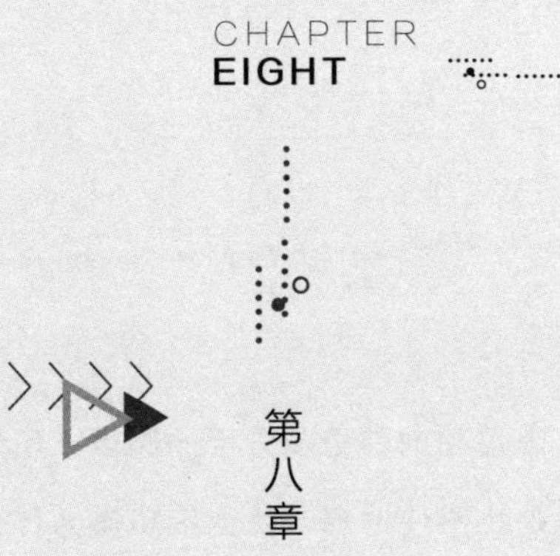

CHAPTER
EIGHT

第八章

所谓纯粹

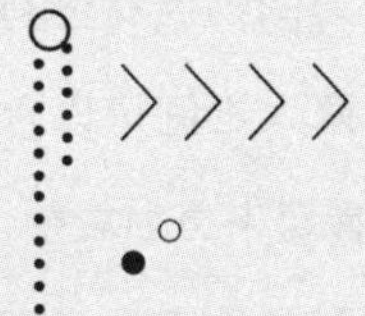

1

我揣测了很久陈晨和她前男友分手的原因，虽然这件事跟我没有任何关系，但是我总是止不住地想，我也不知道为什么。不过有一点我可以确定，从我放弃《孙子兵法》以后，我对陈晨没有任何不良的企图，包括男女之间的情愫。我觉得陈晨需要的是个可以给她当靠山，心疼她、爱护她的男人。而我，绝对不属于这种。唯有作为一个朋友，才可能让我们的关系善始善终。我永远无法拥有这样的自信，可以死心塌地地和一个人地老天荒。作为男人，我觉得这种誓言真的很不科学。然而我却由衷地希望，这种违背自然规律的事，可以幸运地发生在陈晨身上，确实足够矛盾。

话说回来，男女之间到底有没有真正的纯粹的友谊？我觉得有，唯一的一个要素就是，两人之间可以永远排除一切性吸引的可能性。我坦白地讲，这句话比它看起来更为复杂。

昨日，我与陈晨在学校南生活区道别，我提出送她到宿舍楼下，她婉拒了我。我想想也对，既然我想与之做朋友，那么就应该掌握这段关系的界限在哪里。有许多事情，我确实可以为她做，但是超过了正常的范围，就会裹挟了友情的自由。

今天下午她在商场演出，我本想过陪她一起去，等她饭局结束后再和她一起回来。但是，我护得了一时，护不了她一世。只要她还在做这个工作，威胁就会始终伴随她。究竟如何克服这个问题？作为朋友我现在能做的只能给她提建议，可我没有什么好的建议。这个问题难倒我了，我相信被难倒的也不只我一人。

我点开与陈晨的对话框，此时她不在线，应该正在去往商场的路上。我给她发了留言："如果晚上饭局有人出什么幺蛾子，你及时告诉我，我带人去救你。"

合上电脑，我把自己砸在床上，怎么也安心不下来，总觉得晚上有什么事情会发生。都说女人的第六感很准，既然我是男人，那我的感觉可能不准，我如是自我安慰着。

几个小时后，QQ 弹来陈晨的上线提醒。

"演出结束啦，我找个地方休息一下，晚上六点开饭，吃完我找个借口就开溜。放心吧，我这么机智。"

"演出顺利吗？"

"非常顺利，表演魔术的大哥没来，给我们加了一场舞蹈，多赚了两百，嘿嘿。"

"很棒，那你休息吧。"

"好的。"

我又合上电脑，长叹了一声。

眼瞅又快到饭点了，室友们都蜷缩在寝室里。程梁翻来覆去地琢磨今天怎么能够吃上这顿晚饭，他的生活费早在月底之前就已经挥霍无几，近来几日他都是在室友们的接济下延续着生命。说接济也不恰当，毕竟人家都是靠"本事"赢来的。我们另外三个人总是不信邪，都想看看假如是他赌输了，会如何兑现承诺。

我同意和大家一起玩的原因有二：一是程梁叫了爸爸；二是心里记挂着陈晨，想找个事情消遣，暂时去逃避这种记挂。显然，第二个原因对我做出该决策的影响更大一些。

人有心事，运气肯定是差的。我时常抬起头看看墙上的时钟，看着它慢慢走向六点钟。一圈下来，他们三家赢我一家，各个喜笑颜开。

趁洗牌的工夫，我点开手机QQ，打开与陈晨的对话框放在桌边，生怕错过了她的消息。只有程梁看出了我的心事，问我怎么心不在焉。

跟自己的兄弟们，没必要藏着掖着，我一边打牌，一边高度概括了整件事。他们安静地抓牌、碰牌，听我讲完了整件事。讲完以后，我感慨道：“帮得了一时，帮不了她一世啊！”

“哎呀，我来给你讲个故事吧。”程梁说。

“你讲吧。”我说。

“在一个暴风雨过后的清晨，一个男人来到海边散步。他注意到，许多卷上岸来的小鱼被困在浅水洼里，太阳如此强烈，用不了多久，这些小鱼都会干死的。此时，男人忽然看见一个男孩不停地在浅水洼旁弯下腰去，他在捡起水洼里的小鱼，并且用力把它们扔回大海。”

“等等，我怎么觉得这个故事这么耳熟呢？啊，我想起来了，这是某个高中作文题目里的啊！”我打断了程梁的故事。

“你听我讲完行不行？”程梁说。

“好好好，你接着讲，接着讲。”我说。

我倒是想听听看，他能讲出什么道理。

程梁接着说：“这个男人忍不住走过去问：‘孩子，这水洼里有几百几千条小鱼，你救不过来的。’‘我知道。’男孩头也不抬地回答。‘哦？

那你为什么还在扔？谁在乎呢？’‘这条小鱼在乎！’男孩一边回答，一边拾起一条小鱼扔进大海，‘这条在乎，这条也在乎！还有这一条，这一条，这一条！’”

程梁讲完了，停下了手里的牌，耐心地看着我，等我顿悟。

“你讲这个故事什么意思？”我问道。

“你是帮不了她一辈子，但至少你可以帮一次，而不是全然的袖手旁观。”程梁摇摇头，“我以为你挺聪明的，怎么这点道理还要我教你。”

我也停止了手里的牌，抬头看着他，沉默了三秒钟。

“程梁，我从来没觉得你说得这么对过！你说得简直太对了！”

我起身迅速穿上了袜子和鞋子，拎起外套就要出去。

身后传来程梁的叮嘱：“注意安全！”

2

我一路小跑到南门，搭了一辆等在校门口揽客的出租车，和司机说了大概的位置，一路向南而去。天气预报说今天夜间到明天白天，沈阳将迎来 2010 年的第一场雪，无数水蒸气此刻正迅速凝华在云层里，骤降的温度预示着它的临近。

我想问一下饭局何时能结束，陈晨没有在线，我合上我的滑盖手机，屏幕显示 19 点 02 分。吃个饭而已，应该快结束了吧，我犹豫着要不要给她发个短信或打个电话。

还是说一下吧，万一此时她已经溜出饭局了呢。

“花姐，我是小岛，你那边结束了吗？”我在通讯录里找到她的电话，发了短信过去。出租车穿过了四五个红绿灯，她还是没有回复我的消息。算了，等到了那边以后再打电话给她吧，假如她已经在回去的路上，就算是白跑一趟，起码她是安全的。

19 点 35 分，车子开到商场附近，司机把我放在了步行街的入口。我沿着马路，从东走到西，在灯火明晃变换的建筑中盲目寻找着一处陈晨可能在的酒店。

我掏出手机，决定打给她问一下，电话接通，响了很久无人应答。我站在一处巨大的商业招牌下，看着周围人潮涌动，车水马龙。在这城市八百万的人口里，此刻我只关心她一人的位置和安危。我又从西向东，走去步行街入口的另一边。

过了一会儿，电话响起，来电显示陈晨。

“饭局结束了吗？”我问。

“还没有，刚才不方便接电话。”陈晨说。

“你在哪里啊？”

“在宴会厅的卫生间里。”

“呃，我想问你在哪个酒店。”

“干吗？”

“我刚好在附近，所以问问你，要不要一起回学校。”

“你来这边晃什么？”

“呃，吃肯德基。”

“正良那边就有，你跑这么老远吃肯德基？”

“好吧，我担心你，所以过来接你回去。”

电话那边沉默了几秒。

“你等我一会儿。”

陈晨跟我说了酒店的位置，没有多远，我和路人问了方向，找了过去。

来到酒店，我在大堂的大沙发坐下，茶几上摆放着一个提示牌，写着“仅供吧台消费者就座”，我环顾四周，身旁也没有别的座位。吧台服务员微笑着朝我走来，将菜单递给我。坐都坐下来了，我索性接过了菜单。这里的咖啡比星巴克的还要贵。我点了一杯最便宜的卡布奇诺，在钱包里找出 40 块递给她，她笑着说还要收取 10% 的服务费。我又翻出四个硬币，心想，你这微笑也是够贵的了。

几分钟后，服务员给我端来了咖啡，还送了我几块曲奇饼干。嚼着饼干，喝着咖啡，我的心理平衡多了。

咖啡正好喝完，陈晨来电话了，我看到她从中餐厅走出来，就挂掉了她的电话，向她招手。她没有看到我，我刚想喊她，那个刘总出现在她身后，先开口叫住了她。

刘总好像是想把陈晨劝回去，陈晨一边推脱，一边又拿起电话，刘总阻止了他，我隐隐约约听到他好像在说:“哪里有人来接你？”我赶紧走了过去。

“陈晨。”我叫了她的名字。

“原来你在这啊！”陈晨说。

她伸手把包递给了我，可能是想以此向刘总示意她离开的决心。刘总眯起眼睛，用几分敌意和蔑视看了我一眼，他的脸和脖子已经喝得通红，酒气迎面而来。

“KTV 包厢都订好了，你就这么走了，太不给面子了吧？”刘总很不高兴地说。

“哪有啊刘总，我不都陪你们吃饭了嘛，您看我朋友都在这了。”陈晨赔着笑脸。

“我让司机把他送回去。”刘总说完拿起电话，在通讯录里翻着司机的电话。

“哎呀，不用了刘总，人家等我半天了，要一起回学校呢。”陈晨坚持周旋着。

“怎么？非得一起回去，你不认路吗？”刘总看着我说。刚才他眼神里的敌意和蔑视已经升级为挑衅和威慑，想以此恐吓我，让我屈服而退。

“你怎么说话呢，什么叫我认不认路啊？”我问。

陈晨赶紧拽了我一下，用眼神告诉我就此打住，不要再进一步激化矛盾。

“认路就赶紧滚，这有你什么事啊？这是你该来的地方吗？”刘总抻着脖高声发问，他知道我只是个穷学生，话语间底气十足，像是可以分分钟摆平我。

“刘总您别生气，别生气，我跟您道个歉，对不起，我朋友不是那个意思。”陈晨说。

“小崽子不好好在学校里待着，跑我这嘚瑟，他也不好好撒泡尿照照？！”刘总看着陈晨，伸手指向了我。

“好了好了，刘总您别生气。”陈晨不停地安抚他。

身边经过的人都回头看向了这里，为了显示自己的狂傲，他比刚才更来劲了。

“你算个屁？断奶了吗？屁本事没有呢就敢跟我咋咋呼呼，赶紧给我滚蛋！”

我的怒火像窜天猴一般从脚底板炸到了我的天灵盖，只有强烈地爆揍他一顿才能化解，但我还是忍住了，陈晨受了这么多委屈也不敢得罪他，如果我现在动了手，大庭广众，陈晨不光会丢掉工作，也会跟着我惹上麻烦。

“对不起对不起，小岛，你先克制一下，去外面等我。”陈晨转过身小声和我说，表情像是在央求。

我转身愤愤地离开，狠狠推开酒店的侧门。我的愤怒支配着大脑将浑身力量都冲涌到我的上肢，力量无处施展又不能退散，只能在我的双手里打战。我抽出一根烟，点了几次才点着。

几分钟之后，陈晨出来了。

“我们走吧。”陈晨说。

“他刚才又跟你说什么了？”

“没什么，走吧。”陈晨拉着我走远。

“肯德基吃了吗？”

“没有。”

“走吧，姐请你吃。”

“不用，我吃不下。”

“哎呀，刚才让你委屈了，算我给你赔不是。”

“我不委屈，我只是气愤，我觉得你才是真的委屈，明明是他欺负你，你还要反过来跟他道歉。”

“没什么大不了的，都是暂时的。走吧，我饿了。”

“你刚才不是吃过了吗？”

“光喝酒了，胃里烧得慌。”

“那帮畜生还灌你酒了？”

“我逃了几杯，实在推不掉的，就喝了些。”

我俩来到附近的肯德基，她问我吃什么，我说随便。她点完之后，我抢着把单买了，端着一盘食物，在靠窗处坐下。她美滋滋地吃着刚炸出来的薯条，好像刚才什么也没发生过。

“我想好了，这工作我不干了。”陈晨轻松地说。

“早说啊！刚才我就该揍他，快给我憋出内伤了。”

“工资还没结呢！再说那种人，你看他牛气哄哄的，你要是真伸手碰他一下，他肯定就地倒下，没个几万块他可不会起来，派出所一来，你小子书还念不念了？”

“我没想过这些，就是想着不能影响你的工作。没想到，还是拖累你了。”

我有点后悔，也许我今天不来，事情也不至于发展至此，但是我明明什么都没做啊，从头到尾只说了一句话，就被他骂得狗血喷头。

“说什么呢，别瞎自责，我不干了不是因为你。你以为他刚刚是在骂你，其实是指桑骂槐，骂我不识抬举。”

“那是因为啥？”

“受够了呗，今天要不是你来，我真的找不到借口脱身了，你是不知道他们今天的德行，恨不得活活把人吃喽。”

“商场老板请大家吃饭，怎么这个王八成主角了？”

“哪有什么大家，晚上我们去了才知道，他今天是帮一群糟老头子做了个局。”

“那这么说，还好我来了。”我想起来程梁讲的故事，在心里又肯定了一番。

“那你们舞蹈队里的那些女孩呢？现在都在里面？”

“下午演出完事，他挑了几个留下了，晚上来的还有公司里别的女孩。”

“他这不等于害人吗？”

“有人是自愿的，你以为白陪啊，留下来唱歌有红包拿的，每人1000。那KTV包厢里明明有专门陪酒陪唱歌的女孩，但是这帮糟老头子玩得腻了，现在就喜欢学生。”

“够恶心的了。”

“也不是什么新鲜事。”

“你能经得住诱惑，还是很有原则的。”

“1000太少了，再加个零我考虑考虑。”

“你！”

“哈哈，开玩笑的，我是喜欢钱，但这种钱我不赚。”

“那你没了这份工作，以后咋办？”

“再说吧，前段时间一个朋友联系我去当舞蹈老师。”

“做老师的话，听起来靠谱。”

“嗯，我再考虑一下。话说你怎么知道我的号码？”

我照实说了，但只说了一半，加上一半谎言。

“有天我们聊QQ，被王猛看到了，他说你俩是同学。我今天出门怕联系不上你，就跟他要了你的号码。”

“你还认识王猛呢。”

“我俩寝室对门。”

“还挺巧。”

“是的，不过他最近恋爱谈得不亦乐乎，早就把我抛弃了。”

“唉，咱们学校啊，男生稀缺。”

我把王猛和小叶相识的过程跟陈晨描述了一遍，陈晨一边听一边感叹王猛手段非常了得。

“你好好跟人家学学。”陈晨说。

“算了，我想来想去，还是把时间好好用来写小说吧。”

“现在能安下心来做一些事情的男孩子太少了，哪天想谈恋爱了跟姐说，姐给你介绍个好人家。”

“你也学会拉皮条啦？”

“可不嘛，回头彩礼五五分。”

吃完肯德基，我和陈晨正准备一起回学校，一场大雪悄然而至。陈晨开心坏了，她站在商业街灯火通明的人群中，让我给她拍了张照片。然后拉着我一起，自拍了一张。

“我们走走吧，我喜欢下雪天。”

“好啊，我们走回学校吧。”

“你疯了吧，那得走到天亮。不过，我们可以先往学校方向走，走累了再打车回去。”

“好啊，我考考你，哪边是学校。”

她想了想，伸手一指说：“那边！”

“那边是五里河。”

“哈哈，我跟你走就完了嘛，你知道就行。”

“你太容易相信别人了。”

“谁让我善良呢。”

“欢乐女神圣洁美丽，灿烂阳光照大地。”

我突然想起程梁当初追求小仙女李静文的桥段，这句话不自觉就冒出来了。

“哪儿来的一套一套的。”

我和陈晨一路向北，在雪中惬意地漫步而归。我给她讲了很多我室友的故事，她听得兴趣盎然，感慨地说男生宿舍真好，整天都是乐趣。她说女人多的地方，总是一堆乱七八糟的事。在我表示质疑之后，她举了一些她室友们的一些实例进行了验证。

室友 A：不讲卫生，不洗衣服，不洗澡，垃圾乱扔，浑身臭味。

室友 B：嘴碎，人品差，成天在背地里编造别人的八卦。

室友 C：喜欢攀比，无所不比，连牙刷、内裤这种东西都要显摆。

室友 D：自私自利，占尽便宜。

室友 E：曾与陈晨关系要好，彼此投机。只是，她抢走了陈晨的男朋友。

男朋友出轨室友以后，陈晨没哭没闹，坦然分手。后来室友 E 和她前男友顺理成章在一起了。室友 E 没有丝毫的愧疚感，反而每天在陈晨面前秀恩爱。

我说难怪你整天泡在贴吧里，你这些室友都太奇葩了，没什么相处的意义。她说自己在这些人嘴里也不是什么好人，她们都认为她不三不四，在外面出卖色相，赚些不干净的钱。

“这你都能忍受？”我为她打抱不平。

“不然呢，这种事越描越黑，跟她们闹翻了也是自己难堪。”陈晨满是习以为常的无奈。

“糟心事，怎么都让你一个人赶上了。”

“这是报应，我就当如今受的苦，都是在为我爸还债了。”

“你爸咋了？”

“酒驾，把人撞残了。那个人也要养活一家老小，挺可怜的。”

“哦……”

家家有本难念的经，对于这种事情，我不好评论什么，这虽然不是陈晨的过错，却是她需要背负一生的心理负担，也是她们家欠下的永远无法偿清的债。

“唉。”我叹了口气。

“那件事之后，我爸工作也丢了。家里把两个房子都卖了，人家才同意私了。”

“那你爸爸现在呢？”

“不知道他在哪儿，说是去外地赚钱，很久没回过家了。我妈一个从没上过班的人，现在也出去工作了。他俩感情破裂了，离婚是迟早的事，只是谁都没说破。”

“你不要想得太悲观。”我安慰她说。

“我没有悲观，放心吧，我看得开。只要他俩都健健康康的，分开就分开吧。行了，我们打车回去吧，有点累了。”

我伸手拦了辆出租车，坐在了前面，她坐在后面头倚着车窗，一路看着外面的雪，沉浸在悲伤的思绪中。

我与陈晨同在一所学校里，却是来自两个世界的人。我没法真正设身处地地体会到陈晨的悲伤，所以也永远无法真正把安慰填放在她的心坎上。这个世界，有多少欢喜，就有多少苦恼，我不得不感谢父母勤劳恩爱，为我创造了舒适富足的生活，让我毫无察觉地远离了周遭的许多恶意。

到了学校，我非常担心陈晨会自己跑到哪个角落大哭一场，我又提出送她到宿舍楼下。

“挺冷的，回去吧。”陈晨说。

“走吧，没多远。”

她默许了我的请求，我俩走至她宿舍楼下，她笑着说回去吧，别担心她。

我点点头，与她挥手道别。

半夜，她在QQ相册里上传了两张照片，一张是我今天给她拍的，另一张是我们的合照，下面写着：“久违的雪，顺便在雪地里捡了个弟弟。”

宁小爱在下面评论了一个坏笑说：“哎哟，这个人我可认识。”

我想了半天该怎么评论，还是决定什么都不说。

经历了这段时间，我对宁小爱的爱慕之情已经渐渐消退。她越来越像是一个符号，仅会偶尔短暂地出现在我的脑海。有时候是逗号，有时候是叹号，最后通通变成了省略号，就这样消失不见了。

3

期末之前，我与陈晨没有刻意碰面，但每天都会隔着屏幕聊上几句。我把她当朋友，可她偏要把我当弟弟，也确实像对待一个弟弟那样，时常数落我、关心我。我拧不过她，只好默许了。

她最近也很忙，一边准备期末考试，一边找工作。后来她去了沈北市场那边一个舞蹈培训班，每天晚上都要去给孩子们上课，确实有些辛苦。

我问陈晨寒假有啥安排，她说自己要年前才能放假，准备有空的时候出去找找房子，我没有说话，暗自决定帮她这个忙。

我把岳桐约出来，在“老地方”一起吃了顿饭，岳桐说这都是一句话的事，用不着特意跑过来请他吃饭。房子空着也是空着，寒假的生意比暑假还要差。

“那你不会亏钱吗？”我问岳桐。

岳桐嘿嘿一笑：“我已经赚够了未来两年的生活费。”

“什么？这么赚？！”我惊讶道。

“赚是赚的，我这一年搞租房也是忙得够呛，根本顾及不了学业，正好下学期开学房子就到期了，我打算金盆洗手，租个一居室，安心准备考研。”岳桐说。

“还是你活得最明白，我觉得你已经甩了我好几条街。”我佩服地说。

“人各有志，我觉得你应该在写作的路上坚持下去，以后毕业了当个作家，当个编辑，都挺好的。”

“再说吧，未来的事谁知道。”

我端起杯，和岳桐一饮而尽。

寒假住处解决后，陈晨早早地搬了过去。不过她说什么也要给岳桐付房租，岳桐推了好半天，说自己万万不能辜负兄弟的嘱托。陈晨转身买了很多水果零食送给他，这才算罢休。

我由衷地希望像岳桐和陈晨这样努力的人最后都能取得成功，我相信他们也会是这样的。“越努力越幸运”，这句话，我还是非常赞同的。

尽管我没能在他们的影响下一改往日的慵懒，但我渐渐有了一丝危机感和蹉跎岁月的愧疚感。我掐指一算，原来是要期末考试了。

嗨，先别操心别人的前程了，我现在也是泥菩萨过江。

如何应付期末考试，又成了近期困扰我的、半年一度的人生难题。很多人说恋爱是青春的阵痛，我觉得，期末考试才是我的阵痛，而且痛得深，痛得紧，痛得嘎嘎叫。

大一时，靠着高中的功底，微积分考试前随便翻翻，基本就没啥问题了。可是这荒废了一学期的线性代数，真的跟天书一样晦涩难懂，实在是让我苦不堪言。我一开始还死撑，但是啃了两天天书之后，我还是求大鹏给我讲讲考点。

每个人都有自己人生的闪光点，在大鹏身上你唯一能发现的微弱的星火就是他的数学天赋。他高考时数学满分，可惜卷面上只有这些分数给他拿。高考当天他早早交了卷子走出了考场，嘴上不屑地嘟囔着：“什么玩意，这也能叫高考题？”

当然，大一上下学期的微积分，他也都是满分。如今，期末考试前，大鹏身上的这些星火突然被无限地放大，每天前来登门求救的人络绎不绝。就连程梁，在数学考试前也会虔诚地拜一拜大鹏，求学神赐予他永生的力量。

别的宿舍的人前来求救，必须拿出诚意来。

大鹏翻开我崭新的数学书，若有所思，我恭恭敬敬地站立一旁。他随手把书扔到一边，掏出了自己的数学作业本，大笔一挥，在里面圈出来老师讲过的几道必考大题。圈完题之后，大鹏微微一笑，深藏功与名。

人和人之间，对于不同的事物，绝对是存在智商压制的。我整个期末考试最大的难点，在大鹏的大笔一挥之间，就这么轻松解决了。我如释重负，带着其他专业课的教材投奔了岳桐，也想借着求教岳桐的机会，再顺便拜访一下陈晨。

推开岳桐房门，他正坐在书桌前费力啃着一个大苹果。我笑着把几本教材丢给了他，还没等我开口，他就从笔袋里抽出一个彩色标记笔，任劳任怨地帮我划了半天考试重点。一边划还一边嘲笑我的《孙子兵法》，说我是有心栽花花不开，无心插柳柳成荫。

划完考试重点后，岳桐简单帮我讲解了一下他的标记，捧着一本《考研复习指导》认真研读起来，进入了无我境界。我利用等花姐下班的时间，复习了一本专业课教材。

花姐下班回来，洗过澡换好衣服，我去她房间找她聊了一会儿。她近来的心情好了许多，谈话间总是眉开眼笑。她说以前从外面回宿舍前都要硬着头皮做足深呼吸，再念上八百遍“咒语”，才能推门进去。这两三年下来，她愣是觉得头皮都起了一层老茧。在岳桐这暂住的这几天，避开了她的室友，这心情甭提有多舒畅了。以前她不喜欢小孩子，现在看着个个都觉得很可爱。所以她决定，从下学期开始，她要在这边租个房子，再熬半学期，专业课就都结束了，到时候她再搬去市中心找一份全职的工作，毕业之前都不必再往学校跑了。

没有一个良好的宿舍环境，花姐这整个大学上得狼狈煎熬，丝毫没有体会到校园生活的美好。她说以前真的是委屈自己了，这人和人之间相处不来，实在没有必要非得往一块凑，假如早点明白这个道理，可能这个青春就没那么糟糕了。我和花姐说你的青春还在呢，以后把自己伺候好，整个人生就美丽了。

我看时间也不早了，起身准备打道回府。送我出门的时候花姐说了一句话："以后等你也毕业了，这学校里就再也没什么让我留恋的人和事了。"

我摸摸她的头，转身离开了。半夜躺在床上，我又想起这句话，后知后觉，心里酸酸的。

CHAPTER NINE

第九章

青红世界

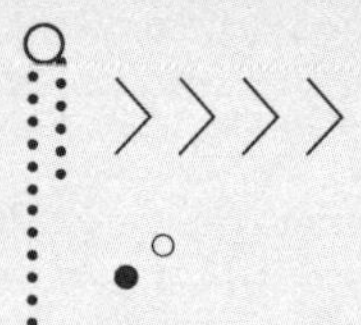

1

在我整个大学生活中，曾有一段时光让我特别无所适从。在那段时间里我经常感觉到，好像除了我以外，所有人都已经完完全全地适应了当前的环境。即使用寒暑假把他们暂时抽离，再次回到学校时，他们还是能够很快地投入俨然的秩序里，不会对生活轨迹之外任何一件事产生浓厚的兴趣。

我说的这些人，就是我的室友们。他们经常联合起来否决我的各种提议，宁愿整天窝在宿舍里，也不想随我一起踏出校门半步。每天宅在宿舍里，我的人生像是被按了快进键，一晃就是一个月。

在一个百无聊赖的下午，我把宿舍里满地的垃圾用拖布推出门外，结果十分不巧，被保洁阿姨逮了个正着。可能那天保洁阿姨拖地拖得格外认真，在劳动果实被我践踏之后，她的情绪异常激动，对我喋喋不休。在那么一瞬间，她的话犹如醍醐灌顶，打通了我的任督二脉，使我能够当机立断，誓死与苟且的生活再进行一次顽强的抗争。

我赶紧骑车去火车票代售点买了张车票，又去附近理发店剃了个寸头。当天晚上，我背包走出校门，满怀激动之情，坐了一夜绿皮车去了北京。

我原以为这将是场对我人生有所启迪的旅行，但从下了火车那一刻，我所有的激动顿时荡然无存。整个车站人山人海，光是买个地铁票就排了半个钟头。当地铁驶离火车站，我被挤在人堆里，血槽空了半管。

对于一个迷茫的人来说，不管到哪里都是一样迷茫。两天时间里，我随着不同的人群逛了王府井、天安门故宫、圆明园，本来还想去趟八达岭，但是第三天我腿酸得爬不起床，一直在青年旅馆躺到黄昏才起来。徒步走到后海转了一圈。

子夜一点，我躺在卧铺车厢里，从来时的铁轨上，一路咣当回了沈阳。

虽然出发前我未曾期待过任何邂逅，但当邂逅真的没有发生时，我的内心还是感受到了一定程度的挫败。

火车到达沈阳南站，我步行去了太原街。把商场里的运动品牌逛了一圈之后，我换上新潮时尚的新衣服、新裤子、新鞋子，把所有脏衣服往垃圾桶一扔，打车回了学校。

最近几天我把这次旅行同步发布到了社交网站和空间动态，很多人对我说走就走的潇洒表达出了羡慕之情。在虚荣心的驱使下，我觉得自己有必要在同学面前展现出一些收获和变化，我也简单地想，这种变化若是能通过外在形式表现出来，效果肯定是最明显的。果不其然，自从衣品变得洋气之后，我上课时被老师提问的概率，直线上升了。

我一直在等着我的异性缘能够迎来同样的提升，一直等到将近期末，等得我已经忘了这件事情。

由于我们即将面临专业分流，班委成员们经开会讨论，决定用剩余的班费再“抢救”一下彼此的友谊。课间，班长在讲台上宣布了一下聚餐的事情。

“今晚六点，北门外大盘鸡。”

班长独裁决断的通知，迎来了许多同学的吐槽。

人多的地方，事情确实不容易统一。而对于聚餐吃饭这种事情，我的室友们从来都有着“很高的思想觉悟”。不管外面刮风下雨下刀子，周五周六礼拜七，随叫随到，从不含糊。

下课回到宿舍后，我把晚上聚餐的事传达给了他们。

程梁大喜，可谓“垂死病中惊坐起，笑问饭从何处来”。

为了庆祝这顿免费的晚餐，大家一阵欢愉，不约而同地忘记了吃午饭的事情。

傍晚五点钟，大伙实在饿得坐不住，早早出发，一同奔向北门大盘鸡。我们到得确实早了些，其他同学都还没来。

到了聚餐的时间，同学们缓缓而至，另一个宿舍的男生想要与我们同坐，被程梁给撵走了。而后，程梁诚挚邀请了何颜及她的舍友们过来，一起预祝友谊地久天长。

我真是没想到，一个小小的专业分流告别会，最后呈现出毕业典礼的既视感。乱语。最后，倒的倒，吐的吐，场面一度有些失控。

“长亭外，古道边，芳草碧连天。”

“感谢天，感谢地，感谢命运，让我们相遇。”

程梁转了一大圈回来坐下，跟何颜窃窃私语，指指这个，指指那个。

那些抱在一起痛哭流涕的人，我猜他们第二天醒来时发现大家都还在学校里，一定会尴尬不已。

聚会今晚，江圆圆与我挨着，她这个从来滴酒不沾的人，今晚居然主动和我喝了一杯，着实让我有些惊讶。几句话之后我弄明白了，她跟我喝酒，不是因为我俩即将被划分到不同的专业去，而是因为和男朋友分手了。我说：“你真是吓了我一大跳，还以为你要跟我表白呢。”

江圆圆只喝了一杯就上头了，啰里啰唆地跟我讲她前男友如何如何，我出于礼貌装作一副耐心聆听的样子。其实不是我不想听，她声音太小了，我根本听不清。后来她去上厕所，我赶紧趁机跑开，坐在李静文身边，八卦了一下刚念大学那会儿，她和程梁在图书馆里的谈话。

从我们军训那会儿到现在，一晃，两年过去了。

我不禁和眼前这些喝多的同学们一样，也感觉到了一丝丝忧伤。

我后来实在喝不动了，感觉有点晕，老实坐在那里，等着自己的精力缓过来。这时江圆圆又在我身边絮絮叨叨地讲她前男友，我实在是有点不耐烦，转过头冲她说："你烦不烦啊你，不就是失恋了吗？我当你男朋友。"

江圆圆愣住了，半天不知道说啥，她又去上了个厕所。

李想对刚刚发生的一幕有所观察，他说我把江圆圆的脸都给吓白了。我让他一边去，她明明是酒精过敏。再后来，聚餐后期发生的事，我就记不太清了。

聚餐结束后，程梁叫醒我，把我架上了车。等我再清醒过来，我身处在一个KTV的包厢里，枕在江圆圆白花花的大腿上。我抬头错愕地看着她，她也无奈地看着我，像是在等我给她一个解释。

我讯速坐起来看看四周，何颜和王欣在唱着王心凌的《爱你》，程梁、李想、岳桐正在摇色子，大鹏孤零零睡在我脚底的另一边。

程梁见我坐起来，对我大喝一声："赶紧过来！"

我坐到程梁身旁，假装淡定地问他什么情况。

"你说什么情况。"程梁说。

"我们怎么会在这儿啊？"我问。

"你别装糊涂，这桌上的酒可都是你抱进来的。"程梁说。

“你还非要在人家大腿上睡觉！”李想说。

“你们怎么不拦着我？”我问。

岳桐凑到我耳边小声说：“人家江圆圆乐意，我们拦什么拦啊。”

何颜趁着唱歌的间隙，拿着麦克风逗我说：“你和圆圆的事我们同意了，你可要对人家负责啊！”

说罢她继续唱着下一句。

我心说完了完了，吃饭的时候我说要当她男朋友，她不会是当真了吧。我还非要在人家大腿上睡觉？以前我喝多了也不这样啊！完了完了，这回解释不清了。

程梁凑到我面前，我一把推开他，挪身到了江圆圆身边。

“我……没做什么出格的事吧？”

“没有，他们开玩笑呢。你喝多了要去睡觉，差点摔倒了，我一扶你，你就倒我身上了。我看你是真睡着了，就没叫你。”

“哦……对不起啊……我真的不知道。”

“不要紧，不过，吃饭时你说的话，你还记得吧。”

“记得。”

“说说吧，你是咋想的，你是真的喜欢我吗？”

“啊？你等一下啊，我去撒个尿，回来跟你说。”

我暂时避开了这个尖锐的问题，躲进男厕所，撒了一泡好长的尿，可把我给憋坏了。

撒完尿，我站在洗手台的镜子前洗脸，漱口，回顾了我过去两年的情感历程。

我在大一的夏天，确实曾经喜欢过她一段时间，那时候我甚至梦到过她。不过后来的暑假里，我遇到了阿萨，然后满脑子都是阿萨。再后来是暗恋宁小爱，认识花姐以后，我又不喜欢宁小爱了。我喜欢花姐吗？我对花姐的感觉，实在说不出来。那我还喜欢江圆圆吗？唉，我也不知道啊。

唉，我真思考不下去了。今晚为什么要说出那句话呢？我抽了自己一个大嘴巴。

回到包厢里，我坐在江圆圆身边，跟她实话实说了。

“大一的时候，我喜欢过你一段时间，但你有男朋友，我没多余的想法，时间长了，这事就过去了。现在你问我是不是喜欢你，我确实不知道啊。”

“好了，我知道了，你找程梁他们玩去吧。”

“我不想理他们，坐这陪你吧。”

“不用了，我正犯困呢。”

“好吧。”

早上六点钟，我们打车去了南区食堂一起吃了早饭，吃完各回各家，一觉睡到了昏天地暗。

2

这次聚会之前，我和江圆圆几乎没什么交集，我们躺在彼此的好友列表里，即使再闲，谁也没主动和谁聊过天。从聚会结束后，我们时常会在网上聊一些鸡毛蒜皮的事，也谈不上是谁主动，可能我俩各有各的孤独，也找不到更适合的人排解，谁都没想着能摩擦出什么小火花。

有时候我回忆起以前她帮我换衣服的事，多多少少还是重温了一下曾经对她涌现的好感。我想跟室友们交流下这种感觉，但他们现在对这样的事漠不关心，就算我问他们，他们最多给我出点馊主意。

最近江圆圆的前男友开启了对她疯狂挽回的模式，每当回忆起曾经甜蜜蜜的点点滴滴，江圆圆就会举棋不定，有所犹豫。她屡次跟我表达这种困惑，让我指点她做出选择，但都被我拒绝了。我暗自断言她和前男友还会破镜重圆，现在我说什么都是白说。就跟我人生中所有被倾诉过的感情困惑一样，别人来找我说，是想让我说分，而人家心里真正想要的是合。倾诉只是想让我认同他的悲惨遭遇，而不是让我替他做什么决定。但凡真正要分，他们根本不会来问你。

江圆圆生气地说：“你根本就不关心我！”

我在电脑的另一端摇摇头回复她：“这跟关不关心你，没什么关系。”

她把 QQ 状态设置为隐身，好几天都没有理我。我心想：不理就不理。

最近花姐在线上跟我说了个事，让我给点参考意见。

两个月前有个航空公司来学校进行空姐校招，花姐一个别的院系的朋友很想去试一下，就怂恿她一起报了名。结果她的朋友第一轮面试就被淘汰，反而是对此事没有任何期望的花姐意外通过层层筛选，最终又通过了体检环节。

这两天，花姐收到了航空公司的培训通知，本来挺开心一个事，但是她却愁眉不展。

对一个自食其力的学生来说，航空公司的培训费用太昂贵了，而且如果她去参加了培训，未来很长一段时间再没经济收入，生活费也将成为很大负担。何况培训过程中也时刻存在被淘汰的风险，到底该不该去，让她进退两难。

我问她如果抛开这些成本因素不谈，她想不想当一个空姐。她说那肯定是想的，提起空姐，这个职业给很多人的印象很好。

“那还犹豫什么？多好的机会啊，那么多人求都求不来呢！而且听说空姐待遇还可以，培训费先跟家里亲戚朋友借一下，以后当上空姐了，还怕你还不上这钱吗？”我如是说。

“那要是万一被淘汰了呢？”花姐说。

“没有万一，你这么努力，不可能被淘汰，根本不用去担心这个问题。”

花姐思索了一会儿说：“行，就按你说的，放开试它一试。”

我提出在经济上尽一点绵薄之力，花姐拒绝了。这笔钱她很快就从亲戚手里借来了，只是她早已习惯了自食其力，对于开口向别人借钱的事，心理上的难度高于实际操作的。

虽然经济上用不着我帮忙，但是搬家还是需要我出力的。

那天早上我睡过头了，起得有点晚。等我来到花姐租的房子时，她已经开始着手对自己的物品进行分类处理。厨房里放着她一大早起来给我熬的粥，我狼吞虎咽地吃完，赶紧加入工作中。

我负责把她不要的东西，统统打包扔到楼下垃圾桶，这个工作还是比较轻松的。但是什么能扔，什么不能，都由花姐决定。她负责整理一些要邮寄回家的物品，对于那些暂时用不到又要留着的东西，她都封到了箱子里，准备寄存在宿舍。她的东西太多了，我俩从上午忙到了下午，午饭都没来得及吃。花姐给我些零食，让我先忍一忍，说等都收拾完了，她做饭给我吃。

傍晚之前，我们手里的工作取得了阶段性的胜利。我看着满地的纸箱子，感叹：“这也没多长时间吧，掐指一算，三四个月？你攒了这么多东西。”

“行了，别废话了，趁隔壁邮局没下班，赶紧邮东西去。”

我和花姐抱着两大箱东西下了楼，从侧门出了小区，在草坪之上抄了近道儿。邮寄完东西，我又骑着我的小摩托，载着她回南区宿舍放东西。

花姐从来没坐过摩托车，她特别紧张，在背后将我抱得紧紧的。

日落时的小风很凉爽，吹到了我的心里。我回头跟花姐说：“可惜你明天就要走了，不然我们谈恋爱多好啊。”花姐问我刚才说什么，她没听清。我说：“没啥。”她说：“什么。”我说：“没啥！”

我们从学校北门，一起路过北区操场，路过文科楼，穿过年轻的人群，路过孔子圣像旁杨柳依依的人工湖，路过南区商服和小饭馆。这些满是青春的地方，将不再有花姐的身影了。

还来不及有更多的感慨，我们已经到了她的宿舍楼下。她自己上楼送东西，我在楼下等她。花姐去的时间稍微久了点，我等待时偶遇了何颜，她从宿舍大门出来，手里拎着两个暖水瓶，正要去开水房打热水。

“这么热的天还用得着开水啊？”我问何颜。

“你以为像你们男生那么不讲究啊，洗头洗澡凉水冲冲就完事了。”何颜说。

“你错了，我们男生根本不洗。”我笑道。

“咦，你这是等谁呢？”何颜好奇地问。

“等妹子。”我说。

说这句话时，我假装的不经意里充满了得意。我心想，两年了，我终于有机会在女生楼下等一把妹子了。

“啥？”何颜像是不敢相信。

“等妹子，喏，你看，妹子来了。”我用下巴指向门口。

花姐一步跨上了我的摩托，抱住我说走吧。我和何颜说了拜拜，一个油门走远了。

我在小区门口把花姐放下，她去马路对面买菜，我自己先回了她的住处。过了一会儿，她回来了，进了厨房就开始忙活。择菜洗菜一气呵成，菜刀保持着一个稳定的频率在菜板上飞快地切菜。我躺在她的床上打开电视，电视里正在播放着一曲我最爱的歌曲。

我向你追，
风温柔地吹，
只要你无怨我也无悔。
爱是那么美，
我心陶醉，
被爱的感觉。

我侧着脑袋，看着厨房里的花姐，被她的背影深深迷住了。

我早已习惯了在我的生活中有这样一个人，不远不近，不温不火，总觉得为时尚早，来日方长。为什么偏偏是这个时候，在她即将远行去另一个城市的前一天，一个背影唤起了我对她的浓浓的好感。如果她不走，可能我不会知晓自己的在意。如果我知道我终会不舍，那我今天不来，便不会在突然之间，如此难过。

我下床走到她的身后抱住了她，花姐缓缓转身，也深情地拥抱了我。在我情迷意乱，想要亲吻她的时候，她侧过了头，一滴眼泪滴淌到了我的肩膀上。

“好了，歇着去吧，饭一会儿就好。”

花姐轻轻推开了我，转身擦了眼泪，起锅，烧油。

花姐做的菜，嚼在口齿之内是香的，但在咽下那一瞬是苦的，苦得像她在咖啡馆里请我喝过的那杯美式，苦得我眼角溢出了泪。

“我还能再见到你吗，花姐？”

“如果你想，你就能见到我。”

“靠什么，靠意念吗？”

花姐没有立即回答我，她想了很久很久说：

“小岛，我在大学这三年，没有人对我比你还要好，所以我很珍惜跟你的感情。等你毕业了，如果你真的喜欢我，可以来找我。如果那时你已经忘了我，那就祝你一切安好。”

吃完饭，她说想自己一个人静静，坚持把我送出了门。

我说明早送她去机场，她拒绝了。

她说：“我不要你送我。”

说罢，我与她之间的门，轻轻合上了。

3

在我的人生中，光阴多得数不清。

为什么偏偏这一段，让我心疼。

我不禁低下头翻阅，

这青春的字典里写着满满的两个字：“荒唐。”

放暑假的前几天，江圆圆突然在夜里给我打电话，想约我出来见一面聊聊。我问她聊什么，她说随便。

我俩各怀心事地在灯火昏暗的南区操场走了三圈，三圈下来彼此一句话都没说，好像是在做游戏，谁先说话谁就输了。我掏出手机看了眼时间，再这么走下去宿舍都要关门了，最后还是我先开的口。

“你不是要找我聊聊吗？怎么什么都不说？”

“我在等你跟我说。”

“我有什么该说的，我咋不知道。”

“那天在宿舍下面的女生是谁啊？”

哦，原来是这个事。我心说“是谁跟你有什么关系”，但这句话我忍住了没说。

“一个朋友。”

“什么样的朋友，女朋友吗？”

“我倒是希望她是我女朋友，但是她已经走了。”

“去哪里了？”

“去当空姐了。”

“我说你怎么没动静了，原来是遇到空姐了。”

“我怎么记得是你不理我了。”

“我不找你，你就不找我了吗？”

我没回答她这句，你不理我，我理你干吗，我又不是你男朋友，没必要哄着你。江圆圆看我不说话，又问了我别的问题。

“你俩到底什么关系啊？”

“我不都跟你说了吗，朋友。”

“你肯定是喜欢她。”

“喜欢，我一点都不否认。”

“我就知道。”

“你知道能咋样，知道了又有什么用？”

“那你对我呢？莫名其妙地说要做我男朋友，莫名其妙地跟我聊了那么久，然后又莫名其妙地消失了。你把我当什么了？你想理就理，不想理就放着？”

江圆圆这一连串的发问，突然让我有点懵。原来她还是当真了，难怪说什么我一点都不在乎她。我总算看出来了，不是我想当她男朋友，明明是她想当我女朋友。我早怎么没发现她对我有这方面的意思，是我木讷了吗？肯定不是，我这么敏感细微的一个人。所以她肯定是在我说出那句话后，才有这种想法的。

“那你说怎么着？”我问。

“我说的又不算，你那么潇洒，说来就来，说走就走的。”

嘿！这个女人的心眼真多啊，她这话里话外全是“圈套”，就等着我跳进去。

“那你今天找我，就是想让我给你一个交代。”

“对，就是一个交代。我们俩这样到底算什么？”

“可是我已经有喜欢的人了啊。”

“我也有我放不下的人啊。”

“那你要这么说的话，咱俩就试试，不过咱可说好了，任何一方感觉不对可以随时终止，回头谁也别说谁伤害了谁。”

“试试就试试，谁怕谁。”

“那今儿起你就是我女朋友了呗。”

“倒是不用公开那么早，别试了两天拉倒了，传出去不好听。”

“想得倒是周全。”

这次暑假，我又没急着回家，我跟我妈说想出去找找工作，提前感受一下“生活的辛酸”，不然在学校里生活得太安逸，麻痹久了，回头变成一个“啃老族”。不知不觉，我也变成了一个撒谎高手，说出这番话时我在电话的这一端眼睛都没眨。

我妈对我这番思想觉悟表示了由衷的欣慰，她感叹着我终于长大了。随后，她又给我打了几千块钱，让我出去试一试，不行就早点回家。

江圆圆在我身边看我撒完了这个谎，她瞪着眼睛惊愕于我的“演技”。

“你打算去哪儿？找你的空姐去啊？”江圆圆问我。

“不知道，我还没想好呢。”

“你要是去找她，我饶不了你！”

“咱俩不是说好了吗，不干预彼此的内心世界。”

“不在其位，不谋其政。咱俩既然在一起了，那你就得按我的规矩办事。我没有逼着你非得受这个委屈，不喜欢你可以随时走的嘛。”

江圆圆啊，我真的没想到，你一个外表清纯的人竟然有“欲擒故纵”的手段。你这《孙子兵法》运用得可比我高深得多啊！

“要不然你暑假去我家吧。”江圆圆说。

“去你家干吗？咱俩可没发展到要见父母这一步。”

“不是我爸妈的家，是我自己的家。”

“呦呵，你还有自己的房子呢？”

“那可不，你可是找了个‘白富美’呢，偷着乐去吧。”

“怪不得你前男友对你死缠烂打。”

“没错。”

暑假开始后，我只在江圆圆家待了一个多礼拜，后来觉得腰疼得厉害，找了个借口就跑回家了。

4

转眼来到大三，我和江圆圆的地下恋情已经不胫而走，满院皆知。在此之前我可没有跟任何人提过，江圆圆装作一脸无辜的样子思考着说：“究竟是谁走漏了风声？”

我心想，你可得了吧，还“究竟是谁”。你这爱情的小圈套，我只是看破不说破。没想到，我的这种纵容，让她得寸进尺。

我逐渐发现江圆圆是个“控制欲”很强的人，别看她对自己没什么要求，但却时常给我规划人生目标，比如考驾照、四六级、考研、考公务员等。

不过江圆圆对我生活上很照顾，每次她出去跟闺蜜逛街，总能想着给我带点什么回来，衣服鞋子裤子袜子，什么都给我买。虽然她是彻头彻尾地把我包装成了她喜欢的样子，但我不得不承认，在衣着打扮上，她的眼光要比我强得多，我一直也没有拦着她。

俗话说，吃人家嘴短，拿人家手软。随着从她这里获得的“好处”越多，我的话语权自然而然地变得越来越小。我时常也会想着给她买点什么来抵消一些她的权威。可是她的东西我真的买不好。便宜的吧，她看不上，贵的吧，我又买不起。于是，当我意识到这是一个很严肃的问题时，我义正词严地告诉她，以后再给我买什么之前要先问问我，要是不问我就给我拿过来，我可不会要的。

她说："爱要不要。"

江圆圆还是很机灵的，她明白我俩悬殊的经济实力让我有了一些压力，但她又不愿意降低生活档次来依附于我，所以她装作深思熟虑，一本正经地跟我谈了半天。

她让我不要有任何心理负担，说因为我们都还是学生，钱都是父母给的，她从没想过让我给她买什么东西，单纯是想对我好一些。等我以后步入社会自己赚钱了，我要是什么都不给她买，她肯定不跟我过。以后这些问题她都会注意，要给我买什么，提前请示我一下。假如这样我还不满意的话，就把我的银行卡给她保管，除去我基本的生活开销，剩下的由她来决定给她买点什么。

前面的话，听着基本都顺耳，但那些都是铺垫，最后这几句才是重点，我听了以后怒火中烧。

"我让我妈把房产证都给你吧！"

说罢，我起身就走了，把她一个人晾在了食堂。

我决定要跟她分手，因为我跟她在一起后，活得根本不像我自己。她让我做的这些根本不是我想要做的事情。这个人控制欲这么强，再这样下去，我不就成了她的傀儡了吗？

我不喜欢被支配，就喜欢游在河里浑水摸鱼。我气得无处宣泄，把她给我买的几本《考研英语》扔进了垃圾桶。

江圆圆给我打了两个电话，我故意不接，把手机扔在了床上。

程梁煽风点火地说："这女人啊，不能惯着，她想怎样就怎样，以后哪有好日子过？"

在我不理江圆圆的这两天，花姐那边传来了好消息，她已经顺利通过岗位培训，正式入职了。等她空勤登记证办下来，她就可以上岗实习了。

我开玩笑地问她空姐培训都培训了啥，是教你们怎么在飞机上卖啤酒饮料矿泉水吗？花姐截屏了电子版手册的目录给我发过来，又给我详细展开了几页其中的内容，上面写着什么"旅客管理""乘务员标准操作程序""急救""应急程序""特定机型设备与系统"等看起来非常高深的字眼。她说这些都是必须掌握的理论，理论难度可见一斑，和实操考试、"大撤"比起来，真是小巫见大巫。

花姐绘声绘色地跟我讲了她培训过程中的很多趣事，其中专业词汇太多，我没有完全听懂，但是我心里特别高兴。

我让她给我发几张制服照过来，她说都在手机里，问我玩不玩微信。我问微信是个啥东西，她说你赶紧下载一个去，作为一个青年人怎么能这么落伍。

我问了一圈人，原来除了我和我的室友们还在使用板砖手机，很多人都已经换上了智能手机，那里面有个软件，叫作微信。我赶紧以两百块的价格卖了我的板砖，换上了拥有安卓系统的强大智能机，紧紧跟上了"时代的步伐"。

打开微信，软件给我推送了很多通讯录好友，让我确认添加。我在系统里许多人名的后面打了勾，唯独到了江圆圆这，我跳过了跟她成为好友关系的步骤。

我和花姐在微信上打了招呼，花姐给我发了几张照片，照片里端庄美丽的花姐，再也不是她从前简单朴素的样子。

我跟江圆圆没有就此分手，几天以后她以“散伙饭”为由，把我从宿舍里约了出来。我想，既然当初说好了，我俩恋人关系终止的时候谁也别怨谁，我确实应该与她好聚好散。

我俩来到饭馆，点了几道菜，要了两瓶啤酒。

她刚开始沉着个脸，我以为她正在酝酿，一会儿指不定会大肆批判我不上进、脾气臭。怎么给她怼回去的台词我都想好了，剧本在心，手拿把掐。没想到她上来就跟我道歉，说不该逼我做我不喜欢的事，她那都是在乎我，如何如何，说着说着梨花带雨、楚楚可怜的样子实在惹人心疼。

饭店老板娘操着口方言骂我:“赶紧哄啊，你个锤子！”

我与她对坐，抓耳挠腮，非常纠结。哄吧，好像我错了一样；不哄吧，这身边吃饭的人都得以为我是个非常出色的“渣男”。

“好了好了，别哭了，我原谅你了。”我说。

“真的？那你不跟我分手了？”江圆圆停止了抽泣。

“真的真的，赶紧把眼泪擦了吧，别人都以为我把你怎么着了！”

江圆圆转悲为喜，给我夹了一块水煮肉片。

“唉，我真是服了你了。”我说。

CHAPTER
TEN

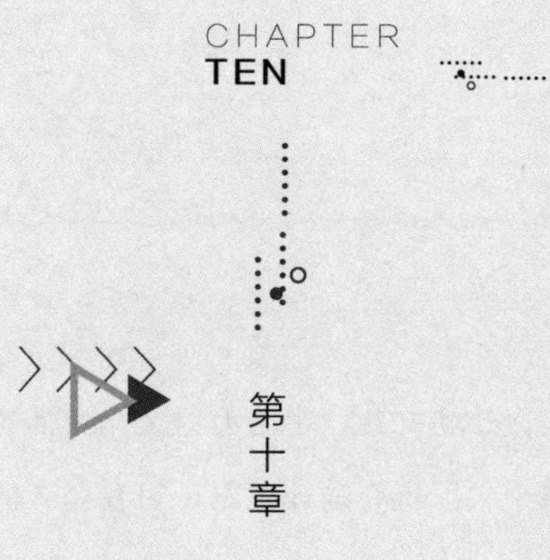

第十章

杂食动物

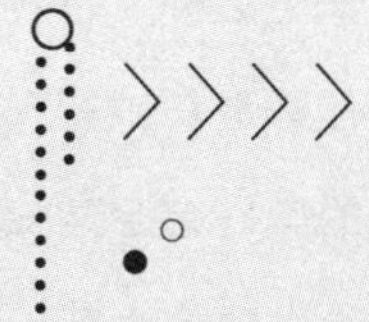

1

以前恋爱之所以让我向往，是因为这大学生活的绝大部分时间里都索然无味，假如有个人以身心陪伴左右，对我个人的矫情来说，将是很大的慰藉。

可是这恋爱，没有我想象的那样简单。你想获得别人的陪伴，就意味着你也要去陪伴别人。别人的烦恼会成为你的烦恼，别人的琐事，亦会成为你的琐事。恋爱像一条绳子，把两个有手有脚的人拴在一起。先去东边忙活你的事情，再一起去西边解决我的问题。你如果说不如我们分开行动吧，那这恋爱，好像又没有什么存在的意义。除非是一方极其自我，而刚好另一方极其没有自我，要不然，矛盾永远在所难免。

除了牵涉时间和精力之外，包容也是一门恋爱必修课。两人朝夕相处，对方的很多缺点你都看在眼里，但是你不能一一指出来。如果双方尽是指责对方，恋爱的美好会全然变成埋怨，彼此之间的争吵将会永不休止。有人不服，说什么两个人在一起总要相互磨合，这样不就可以好好相处了吗？可是总有人会遇到永远磨合不来的事。

我俩之间会有真爱吗？我觉得暂时不会。

有些时候我也会有所疑问，既然我与江圆圆之间根本没什么你侬我依的深深情谊，那为什么我俩依然可以保持一段恋爱关系。经我细细琢磨，其实我俩恋爱的门槛很低。我从来没有约束她与异性朋友的交际，她也从来不会在意我与异性都聊了什么。倘若真的不想在一起，大不了分手就是了。所以我跟江圆圆之间，虽说是在谈恋爱，但其实更像是在搭伙过日子。

那么我想改善我俩的恋爱关系吗？想了也没用。

我知道江圆圆一直放不下她前男友，他俩从高一开始一起踏过了大半个青春时代，这不是我能改变的历史事实，也不是与我在一起一朝一夕就能忘却的回忆。就像我一直忘不了花姐一样。我俩彼此怀揣着各自的答案，不经历点风雨，互相之间再怎么主动提升关系，也都是虚伪的假象。凑合着过，又不是一定要求个结果，想那么多干吗呢？

我知道这学校的大门，隔离的是现实的生存法则。在校门里面，我能给她富足的精神世界。等到我走出去的时候，只靠精神，养活不了一份爱情。

抱着这种心态，我和江圆圆的恋爱关系非常“和谐”。每次她再让我做什么我不想做的事，我都嗯哼啊哈地敷衍了事，根本不往心里去。当然，我还是会听从她一些诸如吃什么、穿什么、去哪儿玩的那些鸡毛蒜皮的指挥。平时她去教室上课，我就在宿舍堕落，下课了就一起吃点东西。周末我俩会一起逛街看电影，然后跟她回家。没有轰轰烈烈，一切波澜不惊，像极了生活的本来面目。

可惜，好景不长。我与江圆圆平平淡淡的恋爱，只维持了一年。这个结果，皆因花姐回学校参加毕业答辩而起。

因为毕业答辩无法由他人代替完成，花姐请了三天假，坐着飞机回来了。

花姐回来之前，在微信上跟我说了这件事。得知自己很快就可以见到她，我开心地笑出声来。当时江圆圆坐在我身边，正说着什么事。她看我笑得这么奇怪，就瞟了一眼我的手机。

“你要去见她吗？”江圆圆问我。

“要啊。”我说。

“小岛，哪怕你出去见网友我都不会管你，但你见她不行。”江圆圆说。

她刚才心情挺好，这会儿突然变脸，阴沉得和外面的天气一样，随时可能风雨大作。

我放下手机，与她对视。

“为什么不能见？”

“因为她是你的老情人，你心里一直都有她。”

“那都是过去的事了，现在她只是我的老朋友。”

“我才不相信你的鬼话，我不允许你去。”

“江圆圆你什么时候变得这么小心眼了？你在计较什么？”

“我计较你对她的爱会死灰复燃！”

“咱俩处了一年，她只回来三天，三天就能让我死灰复燃了吗？”

“是只有这三天吗？我看你是每一天都在想她！”

“我不否认我常想起她，但我和她从来都没发生过什么。不像你和你的前男友，有那么多事情可以回忆。”

“你什么意思小岛？什么都没发生，让你很遗憾是吗？所以你一定要创造点回忆是吗？”

“我的意思是，你不要把这件事想得过于复杂，她毕业了，我跟她道个别，难道不行吗？”

“道别什么时候是个头？是不是以后你结婚之前，还要再道一遍？感谢一下青春有你，回忆一下岁月峥嵘啊！”

“你在说什么？有点太小题大做了吧？”

“我早就告诉过你，你怎么想都可以，但是你要落实到行动里，咱俩就完了。”

“我就是见一面，能有什么行动啊！”

“想去你就去吧。”

江圆圆冷冷撂下这句话，起身走了，走了几步她又回头看了我一眼。她想让我去拦她，可我不会这么做，因为这个事不能妥协，没商量。她扭过头走了，边走边擦眼泪。

江圆圆回到宿舍后，给我发了条消息。

“我们分手吧。”

我就无语了，屁大点事，至于吗？

“你还真别威胁我，爱咋咋地吧。”

“好，你别后悔。”

“我不后悔。”

陈晨还没来，我和江圆圆就这样干脆地分手了，彼此没留下一点情面。每当回忆至此，我都觉得荒唐，从我俩相处的一开始，就很荒唐。

被宣告分手的第一夜，我辗转反侧。半夜十二点，我问他们谁想喝酒，程梁看看愁容满面的我，接受了我的邀请。我俩从舍管阿姨的窗台摸来了钥匙，打开宿舍大门，骑车去了南门外。

又是一年毕业季，南门外平时无人问津的饭店，终于迎来一个春夜。我和程梁挑了一个羊肉馆，坐在露天的桌子旁，把酒临风。身边坐着很多桌即将毕业的人，醉得东倒西歪。程梁试探性地问及我和江圆圆，我说今晚我不想提她，程梁不再废话。

我早就料到会有这么一天，只是这一天来得更早了一些，让我有点措手不及。说不喜欢，是假的，说不在意，也是假的。这段彼此相依的时光是真的，此刻涌现的彷徨，也是真的。怎么样也要经历一下挣扎的过程吧？我想。一点不拖泥带水的分手，好像曾经一切都是闹着玩一样。

荒唐，真的荒唐至极。

我觉得有很多方式可以体现你对一个人的在乎，而约束是其中愚蠢的一种。我很坦白地讲，我心里一直住着一个花姐，但我能够清楚地明白，我心里的花姐是以前的陈晨，和这个领略过万水千山的陈晨，早已经不一样。

将心比心，如果江圆圆和我说她去见她前男友，我也会吃醋。可我总要弄清楚她为什么要去见。如果是去道别，那你便去，回来之后我们继续生活。如果是去相聚，我也拦不住你，咱俩可以道别。

之前江圆圆偷看我的小说时，总会不停地在里面寻找自己的身影，每次都是大失所望。她的直觉强得惊人，她指着小说里一个角色说，这个人是你的花姐。尽管我一再否认，尽管她从没见过花姐，尽管她也从来不了解我和花姐之间的事，她还是可以很确定地说，这就是你的花姐。怪只怪，在江圆圆的心里，我和她的感情太脆弱了，脆弱到根本无法抵挡回忆的光芒。如果不是她心里的光芒作祟，她又何必在意我的过往？

其实，有一句话我想跟她讲。每当我们回顾曾经的人，我们眷恋的并非那个名字，而是不舍曾经的青山旧梦、水磨时光。我想想又没有讲，因为那时候的她根本听不懂。等到她听得懂时，我也不是那时的我了。

她说，就像你小说里写的，如果唯有失去我才能唤醒你，那就让你孤枕难眠，长命百岁。

2

吃得差不多了，我跟程梁说我们走吧，去兜兜风。

深夜两点，程梁坐在我的摩托车上，我们在空无一人的夜色中一路飞驰。我们放声歌唱，高声唾骂，像是两个叛逆的少年，把一切烦恼随压缩油气一起轰进发动机的燃烧室，再随排气管道爆裂释放，试图叫嚣整个沉睡的世界。

程梁在我身后高喊着：“不在沉默中灭亡，就在沉默中爆发！”

我们的失恋在沉默中爆发了，我们的焦虑在沉默中爆发了，我们压抑的青春在沉默中爆发了，我们的发动机，却在沉默的大街，沉默的夜色中爆缸了。

“砰”的一声，摩托缓缓停下来。

“能活着真好。”程梁说。

我看着旁边一个名为“瑶池”的洗浴中心的招牌说：“天意啊。”

曾经江圆圆看完我的小说后很不甘心，她说你总在小说里写别人，而你却连首诗都没给我写过。

“你想要什么诗？”我问。

“古诗那种的。”江圆圆说。

我抖了半天的机灵，写了些很敷衍的东西送给她，她看完开心极了，把它收藏在了笔记本里。

双眸翩跹沉香碎，
窈窕欲试瑶池飞。
身披彩霞玉芭蕉，
久罢不能心慌肺。

如果我知道那首诗最后会成为我俩仅存的回忆，当初我会写得再认真一些。不过话又说回来，如果当初我对她足够认真了，可能我俩也不至于如此轻易地就分了手。

现在我的摩托车爆缸于“瑶池”门前，我总觉得是老天故意针对我。我俩好的时候，没觉得我会想她，我俩分手了，却总有什么事情让我想起她。

那天晚上我们就在洗浴中心睡了一宿。第二天一早，出了洗浴中心，我和程梁在路边道别，他打车回学校，我去机场接花姐。程梁问我摩托车怎么办，我说不要了，命运如此安排，那就这样吧。我把摩托车的车锁解开，钥匙插在上面，如果有谁想要，就把它推走修好吧。

我前脚到了机场，花姐的飞机后脚就落地了。我在到达大厅的出口等了半个小时，终于看到了花姐的身影。花姐看到我在对她打招呼，她从人群中笑着跑出来，矫捷地绕过分流的栏杆，与我相拥。

在坐出租车回学校的路上，花姐不停地跟我说昨天从阿姆斯特丹飞回来，有一个旅客是多么多么的奇葩。还有一次，她从墨尔本飞回来，有一个旅客，比昨天遇到的那个还要奇葩。我听她说着这些事，她忽闪忽闪的长睫毛，像是能把东太平洋的热带季风给吹过来。

日思夜想的花姐此刻就在我面前，我闻得见她身上昂贵的香水味，不知为何，我却觉得此刻的她又离我好远好远，像是悬崖另一端的玫瑰，我隔岸观她盛开，她的盛开却与我无关。这是一种喜悦夹杂失落的感情，两种极端综合在一起，生成我难以名状的心情。

到学校以后，花姐简单请我吃了一个便饭，为了准备明天的答辩，她手里还有许多事情要做。我让她先去忙，忙完我再去找她。

夜里，一场大雨悄然而至，雨水冲刷着宿舍的窗户，模糊了窗外的整个世界。这场景还是让我想起了江圆圆，我掏出手机，翻出与她的对话框。我想告诉她我与陈晨没有死灰复燃，我们根本不会死灰复燃。话还没说出来，我发现了她下午在微信里上传的与前男友的合照，上面写着：兜兜转转，又走到了一起。

照片里的她，笑得那么开心。那一刻，我的心，痛极了。

在王猛与陈晨的毕业典礼上，好多人在舞台上唱着煽情的歌。我在会场的角落里，哭得比在场任何一个人都要惨。王猛走到我身边惊奇地问我："又不是你毕业了，我都没哭，你在这哭个什么劲儿？"

我说："你给我走开，让我一个人待会儿。"

王猛识趣地走开，他把陈晨叫了过来，让她安慰安慰我。陈晨看我这么伤心，她把我搂在了怀里，和我一起，哭成了泪人。

毕业典礼结束后，花姐拿着她的毕业证走了，走之前她红着眼眶跟我说："小岛，好好的。"

我点点头，什么都没说，看着花姐上了出租车，在我模糊的视线中越走越远了。

上次与她分别，她说如果毕业了我还喜欢她可以去找她，这次相聚，她对此事只字未提，而我并不为此而感慨什么。在我们不停向前的人生中，总有带给你温暖的人，只能陪你那一段路。你走得越远，遇到的人便会越多，那些交集永远停留在身后，你前方的人生将是他们无法领略的风景，再怎么想回头珍惜，也是无济于事的。

她说，“小岛，好好的”；她没说的是，我无法参与到你未来的人生里，但是我希望你，好好的。

道理我都明白，但是我永远无法克服分别。

王猛带着我一起去参加了他寝室的散伙饭，我们从中午喝到了傍晚，喝到最后所有人都醉了，只剩我一个人清醒地痛着。那炙热的疼痛为这段人生割出鲜明的印记，没有太多精彩绝伦的事，但就是让你怎么都难以忘怀。

我想留住所有的人，可我拦不住岁月的马蹄。

“猛哥，我走了，多保重。”

我把他们凑在一起互相抱着，自己摇摇晃晃地回了学校。

3

王猛离校后，我将床铺搬到了他的宿舍，画地为牢，不舍昼夜地思索。我思索着身边的人和事，思索着人生，往来与尽头。

这三年来，我们好事也做，坏事也做，什么都像，就是不像个学生。可我们依然是无知的、善良的，什么都不是，只是个学生。我们像是刚刚成年的雄性动物，在足够自由的土壤之上，任凭本能驱使，迅速地生长。觅食，撒野，群居，对抗，奔跑，嬉戏，迷茫。当毕业的闸门大开，这青春一场，会恍然如梦。

我突然很想逃离眼前的生活，因为是梦，终归要醒。我宁愿那些狼狈早点来，我宁愿这风华正茂的爱与恨，早点结束。

暑假过后，大四初始。虽然专业课还没结束，但是老师早已习惯课堂上只有零星的几个人。我把个人简历投到了沈阳大大小小的出版社、报社、杂志社，统统石沉大海，杳无音讯。无奈之下，我只能把自己写的小说打印下来，走出校门依次拜访这些地方，又一次次被善意地拒之门外。除了我，没人在意这些未出版的文字。我站在宿舍窗台前，把一摞一摞的纸张顺窗撇了出去，这个行为被舍管阿姨一状告到了辅导员那里。

辅导员找到了我，他说一个国企的文化宣传部有职位空缺，他的一个朋友在那儿任职。如果我感兴趣，他可以帮我推荐一下。不过国有企业没什么实习工资，转正也非常困难，让我好好考虑一下。还有，别再往窗外扔东西了，污染环境。我说不用考虑了，我去。

经过了简单的面试，部门经理把我留下了，他分给我一张办公桌，让办公室的张大姐简单给我介绍了一下我的工作。工作没有多复杂，就是听各种会议录音，写写会议纪要，再发布到企业的网站上。偶尔别的前辈忙不过来时，我也会帮他们校对企业报刊，对接网络推广文案。后来，他们经常忙不过来，这些事也都是我一个人做了。

我问坐在我对面的前辈老唐，之前做我这份工作的人，为什么不干了。老唐端着茶杯笑笑说，年轻人嘛，机会很多，我猜是找到更好的岗位了。后来老唐不在，旁边的张大姐悄悄跟我说，那个小伙子，在这实习了两年都没给转正，生气不干了。张大姐让我不要灰心，她看我比那个人机灵得多，前程一定一片光明。

“呦，水桶里没水了。”张大姐说。

“我来换。”我说。

张大姐笑眯眯的，好像在说：“孺子可教也。”

有一天，张大姐旁敲侧击地问我，为了进这个单位家里费了不少力吧。我突然意识到，就连这么个薪水极为微薄的岗位也是需要一些成本才进得来的，我没有跟张大姐说得太实在，只说家里人就是打了个电话而已。那段时间张大姐没再让我跑腿，每天费尽心机地想知道我的后台是谁。

起初我每天都要花将近两个小时在单位与学校之间往返，回到宿舍又休息不好，后来我妈给我拨了份住房专款，让我在单位附近租个房子。她现在到处跟人家吹牛儿子在国企上班，就是从来不说工资待遇的事。对她们来说，国家的饭碗大于一切，听起来好就够了。

我就这样在单位混了几个月，工作的激情在每天与办公室大哥大姐们切磋心机之中日益消退。直到有一天，我在整理企业报刊时发现了一个内部招募信息，我的眼前一亮，仿佛重见光明。

原来公司在远在非洲大陆的埃塞俄比亚有一个长期的援建工程，那里一直有人常驻管理相关事宜，现在他们部分人的任期即将结束，需要有另一波人前去交接，为期两年。这条招募信息是两个月前发布的，只是不知道还有没有时效性。

我问张大姐：“这个事已经确定人选了吗？”

张大姐小声说：“哪儿会有人去啊。”

我表示不解，张大姐给我解释了其中的原因。刚有这个工程时，大家都抢着去，好多人为了去都跟同事撕破了脸。因为第一波去的，回来肯定有很大的升职空间，而且不管后期工作做得到底好不好，也跟他们没太大关系。等第二波再去，没什么好处不说，还很容易给人背锅，“傻子才去呢”。

我说：“我看这上面驻外补助很高的啊，这两年下来，也不少钱吧。”

张大姐说：“你看这单位里有缺钱的人吗？再说，非洲啊，啧啧啧，这要是欧洲，不给钱我都去。”

我笑笑说：“这欧洲也用不着咱们去援建吧。”

“所以说咯，没什么好处。”张大姐撇着嘴，继续在电脑上搞网购。

下班以后，我把这个事跟我妈说了。我妈在电话那边沉默了半天，沉默之后，她说为自己的儿子感到骄傲。上学的时候就去贫困山区支教，现在又想去非洲援建，这思想和觉悟都不是那些亲戚家的孩子能比的，她的儿子日后必成大器，她表示全力支持。后来我爸跟我说，电话里你妈是支持了，撂了电话转身就哭了，哭得特别伤心。

第二天一到单位，我就带着这个招募信息，进了经理办公室。经理想了想和我说，这个事跟我们文化宣传部没多大关系，上次也都是从别的职能部门调人过去，再说你现在还是实习岗位，公司不会外派一个实习的人，毕竟是个很重要的事。我说正因为我还在实习，所以对待工作有激情，您看我还有点文笔，援建是好事，我在那边可以多写写稿子。再说，我的实习期按说也到了，您给我转正，我不就是正式员工了嘛。

经理被我逗乐了：“你啊你，难怪你们辅导员一定要把你举荐给我，我是看出来了，你小子果真不是一般人啊。”

“哪有哪有，所以还是想拜托您给问一下，看看能不能争取个机会，我感激不尽。”我双手作揖。

我等了几天消息，周一开例会的时候领导们讨论了这个事，没想到这个事，还真成了！不仅成了，我还提前破格转正，真是走了狗屎运了。

因为我还没有毕业证，需要去学校开一个相关证明，证明我在校期间表现良好，已按要求完成相关课业，会如期毕业。我回了学校，真诚感谢了我的辅导员，请他吃了一顿饭，但最后他偷偷买了单。他叮嘱我努力工作，不要辜负家人的期望，我再三谢过他。

我回宿舍又请我的室友们吃了饭，第二天带着一堆政审的材料回到家，到处盖章，没来得及跟爸妈吃顿饭，又启程回了沈阳。

我想和学校的朋友们好好道别，但是出国前事情太多，抽不开身。

忙着忙着，我已在飞机之上，远离了祖国大陆。

在飞机冲过云层的那一刻，我想起了江圆圆。

这个我也不确定是否爱过的女人，和我身后整个的大学时代，与我默默错过了。

CHAPTER

POSTSCRIPT

后记

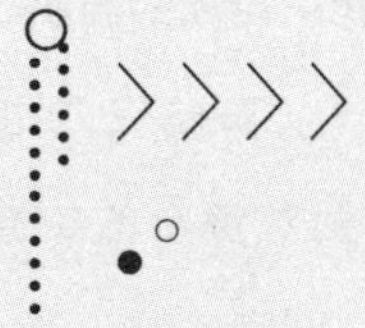

本篇小说起笔于2013年，我在巴拉瑞特STAA航校学飞。

那时南澳的冬天阴雨连绵，云层低得仿佛伸手就可以触碰。因为很多飞行课业无法顺利进行，除去吃喝拉撒，我还是有很多时间闲下来，静静写些东西，回顾我的校园生活。

当时我只写完了“王猛毕业了”那一章，本想写一个短篇，但是好多人涌在了我的心头，我想好好讲一讲，后来这些故事又因学飞而搁置了。

这些书中的人物，没有特定的原型，我混合了许多人给我留下的印象，提笔编造了过往。故事是假的，但是感情是真的。这些感情始终牵绊着我的成长，成为我未完成的心事，一晃好多年过去了。

这些年中，我很忙，在航空公司按部就班，一步也不敢停歇。当我从外地返沪，赶上了冠状病毒的疫情，按规定，我应自行在家隔离14天，这本书就是这段时间完成的。

我想专门留一章节，说一说后来的故事，小说里的这些人最后都去向了何方。但是我认真想了一下，还是算了。青春这个东西，没有那么多明明白白的事。等我真正明白过来，是我儿呱呱坠地那一刻，我终于肯坦然面对，我的青春时代，早已结束了。

曾爱过而又辜负的人，祝你在天涯安好，不必原谅我。

曾在意而又失去的人，感谢曾与你相聚，不必记得我。

这人生的路还很长，你只管走，一切都会有所安排。

你看这头顶的星河，莫分南北，从来不问什么对错。

2020 年 2 月 16 日

于家中书

图书在版编目（CIP）数据

杂食动物 / 曲成松著 . -- 北京 : 九州出版社，2021.6

ISBN 978-7-5225-0164-2

Ⅰ . ①杂… Ⅱ . ①曲… Ⅲ . ①长篇小说－中国－当代 Ⅳ . ① I247.5

中国版本图书馆 CIP 数据核字 (2021) 第 111567 号

杂食动物

作　　者　曲成松　著
责任编辑　周弘博
出版发行　九州出版社
地　　址　北京市西城区阜外大街甲 35 号 (100037)
发行电话　(010)68992190/3/5/6
网　　址　www.jiuzhoupress.com
印　　刷　天津雅泽印刷有限公司
开　　本　880 毫米 ×1230 毫米　32 开
印　　张　7
字　　数　167 千字
版　　次　2021 年 8 月第 1 版
印　　次　2021 年 8 月第 1 次印刷
书　　号　ISBN 978-7-5225-0164-2
定　　价　49.80 元